竹叶集

ZHU YE JI

秋实 著

中国旅游出版社

策　　划：莫　蓉
责任编辑：王佳慧　林小燕
责任印制：冯冬青
封面设计：中文天地

图书在版编目（CIP）数据
竹叶集 / 秋实著. -- 北京 : 中国旅游出版社，2021.5
ISBN 978-7-5032-6651-5

Ⅰ. ①竹… Ⅱ. ①秋… Ⅲ. ①散文集－中国－当代 Ⅳ. ①I267

中国版本图书馆CIP数据核字(2021)第019998号

书　　名：竹叶集

作　　者：秋实　著
出版发行：中国旅游出版社
（北京静安东里6号　邮编：100028）
http://www.cttp.net.cn　E-mail:cttp@mct.gov.cn
营销中心电话：010-57377108，010-57377109
读者服务部电话：010-57377151
排　　版：北京旅教文化传播有限公司
经　　销：全国各地新华书店
印　　刷：三河市灵山芝兰印刷有限公司
版　　次：2021年5月第1版　2021年5月第1次印刷
开　　本：880毫米×1230毫米　1/32
印　　张：6.5
字　　数：118千
定　　价：39.80元
ISBN　978-7-5032-6651-5

竹叶集

秋实题

序

P R E F A C E

人们形容某一事物发展得快，常常用“雨后春笋”这一词语。我想每次经历的一些事情，或感动、或悲愤或喜悦，这些事情和情绪就像是“雨”一样，而这些文章就是雨后的“竹笋”，有点速成的意味。

一片一片的竹叶，积累多了便成为一大片的竹林，每一篇文章就像是一片竹叶，积累多了，也便成了一本集子。同时，竹叶的纹路和形态可谓之美丽。以“竹叶集”命名这本集子，也是文章追求的境界。竹叶也很令人欣赏。竹叶青青若琴键，风儿轻轻如指纤，总会送来美妙的声音，也会送来摇曳的竹影，使人赏心悦目。

唐朝诗人王维有一首诗：“独坐幽篁里，弹琴复长啸。深林人不知，明月来相照。”前两句写诗人独自一人坐在幽静的竹林之中，一边弹琴，一边“长啸”，体现出诗人自由自在、无拘无束的高雅情趣。后两句说诗人僻居深林之中，却有一轮明月来访，显示出诗人高洁孤傲的性情和超凡脱俗的气质。这也是我写这些文章时所追求的意境。

文章追求一种美是文章写作的第一要素。任何一篇文章，美永远是人们所欣赏的。文章以美感人，我认为这是散文应该首先要做到的，然后才是其他要素的具备。当然这审美观是不一样的，写作的手法也是不一样的，但是追求美是一个作者应该始终坚守的文学品格。美是多个方位的，语言的美，还有形式上的美、结构上的美，开头，结尾，上下承和，都应该表现出美来，这样整篇文章就是完美的。当然，美是没有止境的，文学的美学是我们不断攀登的高峰、不断探索的奥秘、不断追求的境界。

写美文心情是美的，正似王维弹琴复长啸的心境。其实写作于我很大程度上是一种爱好和愉悦，享受一种独自的世界，是为了表达一种情感或思想。情之所至，必有动人之处；思之所达，必有感人之点。王维山居生活的惬意，也只是明月知道，当其写成文章以记之，他人读后的心情也是美的、是愉悦的。

咏竹的诗是很多的，郑板桥的咏竹诗别具一格，其中一篇“衙斋卧听萧萧竹，疑是民间疾苦声；些小吾曹州县吏，一枝一叶总关情”。把风竹的声音当作民间的疾苦声，时刻保持勤政为民的情怀。这便是文章的社会责任，也是一篇文章应追求的境界，这是写文章在自娱自乐之外的更高一层境界——针砭时弊，倡导一种正义感，树立一种公众意识。通过一些人物的表现、一些事情的表达，让人们认识和鉴别什么是真、善、美，假、恶、丑。这是我们应该不断追求的文学品质，毕竟我们的社会是复杂的，兰草兼生，有时良莠不分。

郑板桥就是通过这首咏竹的诗篇，描写了当时社会底层百姓的疾苦。同时，又表现出“为官一任，造福一方”和“当官不为民做主，不如回家卖红薯”这样一种朴素的为政理念。郑板桥这种正义的、天下为公的理念，触动了当时社会政界的一些弊端。郑板桥到潍县任县令，进了县衙做的第一件事情，就是把县衙的院墙凿上无数个洞。县吏们问：这是为何？郑板桥回答道：出一出污浊之气。郑板桥之前的县令是一个贪赃枉法的腐败官吏，所以郑板桥认为县衙里充满着腐败的臭味。郑板桥的一生写竹、画竹、咏竹、赏竹，就是在赞美竹的品格，不仅是为了洁身自好，也在倡导一种正义的社会美德。有一句诗写得好，恰切地赞美了竹的品格：未出土时先有节，便凌云去也无心。

许多艺术家把竹子搬到了文学、艺术的殿堂。这既是竹子的风格和魅力所致，亦是艺术家们对竹子的欣赏之故。竹子既是自然的也是人文的。她本有一种风雅的姿态，被人们誉为“岁寒四君子”之一。

文章正与这竹子一样，既是主观的，更是客观的，既是自我的，更是公众的。

我也在追求每一篇文章能像竹子一样得到大家的欣赏。这也是这本集子命名为《竹叶集》的缘由。

秋实

二〇二〇十二月

目录

C O N T E N T S

城市的迷茫 /001

大海的晨曲 /007

登千佛山记 /011

芬芳的孤寂与清高 /015

焚香 /024

风雨之声 /027

过度 /030

海的博大 /034

黑与白 /038

花园 /040

话说三寸金莲 /043

棘子树 /046

春天的气息 /048

看树枝的季节 /052

蜡梅花开 /055

鲁迅 /061
麻雀 /069
玫瑰 /073
玫瑰的浪漫 /077
梦游铁力士山 /081
明莫宁君 /087
波托马克河水边之闲 /090
秋的山野 /096
秋是一首诗 /100
秋雨秋色 /104
雀舌 /107
人的特点 /109
赏西域随笔 /115
闭上眼睛 /118
说梦 /121
梦里娶亲 /131
天堂里的见闻 /134
我的幻变 /137
梧桐树 /139
夏日的傍晚 /142
闲时生趣 /144
现代化之说 /149

心绪 / 153

心情 / 155

雪赋 / 158

小村落 / 161

园林 / 163

在阳光里 / 167

自然的感觉 / 171

走在路上 / 174

雪的美意 / 178

冰雪的天地 / 181

杂物如故旧 / 186

感叹岁月的流逝 / 191

跋 / 195

城市的迷茫

我多次去过美国的圣弗朗西斯科。在这座城市里有一个开放性的城市公园，几十年来一成不变。那里不过是有一泓清水，周边一些树木、花草，再就是几个罗马柱立在那里，看上去没有什么大的景观，只是一个普通的公园。在公园里的小路上散散步，倒确实有点情调。

由于它的存在，周围的房屋便身价十倍；由于它的存在，周边的环境也有了一个生态的平衡。蛇、刺猬、老鼠、鹰、鹅、鸭、虫、鱼等都在这里生息。

就这样一个地方，被长期地精细地管理着，长期地精心地维护着，长期地保持着原始的风貌。我很是惊讶！我每次去都是风采依旧。看似一件小事，其实，是一种城市的规矩，是一种城市的文明，是一种城市的文化。

试想这个地方在我们的城市里，命运将会是怎样的？可能就完全不同了。换一位主人，可能就会觉得这个地方不够美，档次不够高，便会下令去种上一些花木。再过几年又换了一位主人，感觉这湾水的岸边是泥土的，草坪护坡档次不高，于是便下令把岸边用石头砌起来。再过了几年又换了一位主人，觉着大树、古树不多，要求多种一些大树、古树。

几年过后，整个公园已面目全非了。又换了一位主人，觉着这个公园占据着一个黄金位置，如果把土地拍卖出去，盖上房子，便成为城市的摇钱树。于是，那个美丽的、开放的、休闲的生态公园便永远地消失了。生物链、生态圈被破坏了，丰富的物种消失了，周边交通出现了拥堵。可见一个城市，尊重历史，包容文化，是多么的重要。

只有保护传承历史和文化，才能成为一个有个性、有历史沿袭、有文化沉淀的城市。

当然还有一点，其实已经包括在尊重历史、包容文化的条目中了，那就是尊重规划，再进一步便是遵守规划。因为规划是法律条规，是刚性的，是必须遵守的。但是现实中是很难做到的，恰恰是那些标榜规划是刚性的人，在改变着规划，在践踏着规划，致使规划成了摆设，成了一纸空文，说起来重要，做起来不重要。聘请了那么多专家学者搞规划，国家设立一个庞大的规划体系，花那么多资费去规划，到头来不如一句话，那不是劳民伤财吗？故有一句笑话调侃说："规划是龙头，主人是绣球，龙头跟着绣球走”，还有“龙头是指水龙头，主人说扭随便扭”。

且看一看我们的城市道路，总是在变，道路两边的绿化更是随心所欲，每年都在“提升”，每年都在“完善”。换一位主政人就会有新的理念、新的思想、新的构思，指令一发出便会很快发生变化，并且持续发生着。草坪破坏，种上大树，原本的城市规划方案，原本的园林景观，都没有了踪影。在种的大树下面支上许多棍子，大树的冠也被砍去，一看就是我们的城市绿化的丑态、怪态。每每的变化，许多苗木主、许多绿化队都眉开眼笑。所以许多人戏说：最挣钱、最高产的土地是城市道路两边的绿地。提升来提升去，城市的绿化却变得面目全非，只是树木花草的无序堆积，完全没有了层次与美感。这还不够，还要在道边再用矮的植物锁上一道墙，让人们无法参与其中。晚上还会令人“望而生畏”，不知道树丛中是否有埋伏的坏人，是否藏着毒蛇和野兽。有些地方打上灯光，灯光不断变化，绿光、蓝光、紫光，就像鬼火一般，不时地眨着诡异的眼。这些绿化带的存在越来越受到了人们的质疑和厌恶。

到一些地方，去看一看那里的城市，确实有城市的风格和容貌。以香港为例，香港是城市的典型代表，楼很多、很密，道路较窄，道路两边的绿化，并没有密集的树木、宽阔的绿化带，而草坪和树木的搭配却很合理，可供人们到草坪上玩耍，也可供人们在树下坐享凉荫。当人们在石边休憩时，看过去很美，既通透又美丽，既不挡人们的视线，也不挡城市的景观，既不臃肿，也不瘦弱，而恰当地在路与楼中间存在着，那么自然，又那么人文。

再看一看我们有些中小城市，路比大城市还宽，甚至对开八车道，占去了城市多少的土地，但却被称为有魄力、有水平、有眼光。很少有人敢于批评其浪费了土地、浪费了城市资源，使城市商业经济受到阻隔，给人们通过道路造成了困难。往往是道路中间有不可逾越的铁栏杆，道路上有飞速奔驰的汽车，这已成为城市和谐的一堵墙。

再看一看那八车道两边的绿化带，更是气魄，更是壮观，绿化带比道路还宽。这个问题，其实是很严重的。我国人多、地少，国家提出了十八亿亩的耕地红线，也就是铁饭碗要捧在我们自己的手里。请大家算一算我们十八亿亩耕地是否还在？我们饭碗里是否都是我们自己种出来的粮食？大家是否也算过城市里的大宽幅的道路、两边偌大的绿化带占去了多少土地？它们在城市里起到什么作用？它们挡住了城市人美丽的、浪漫的行为，挡住了城市风情万种的商店美丽的门头，却成了流浪者，包括流浪人、流浪狗、流浪猫的天地。假如说把绿化年年重复浪费的钱，去建设一处流浪者的收容所，人们会如何评价？如果做到这一点，不仅城市化会有大的进步，城市人性化也必定达到一个新的境界。

余秋雨曾写过一本书《何谓文化》，用设问句提出：什么是城市文化？城市文化的哲学本质是一种密集空间里的心里共享。“我们可以不去理会那些自己不喜欢的各种作品，但对于建筑和街道来说就不一样了。那是一种强制性的公共审美，所谓的抬头不见低头见，眼睛怎么也躲不过。”建筑和街道都是公共审美，属于城市文化的等级代表。“街道上的路灯、长椅、花坛、栏杆、垃圾桶等等，全都是公共审美的载体，也是城市文化的重要元素。”

很多的城市“常常把哪个画家，哪个诗人得了奖，作为城市文化的大事。其实那些得奖的作品未必是公共审美，而建筑、街道却是”。“改革开放之后，大批中国旅游者，曾经由衷赞叹过巴黎、罗马、佛罗伦萨、海德堡的建筑之美和街道之美，那就是在欣赏城市文化，各项审美元素的高等级和谐。”“城市里各所大学、研究所的学术成果，严格说来并不是城市文化，最多只能说是城市里的文化。城市文化以密集而稳固的全民共享性作为基础。因此也必须遵守其他文化不必遵守的规矩。”“还应该进一步让自然景物成为城市的主角和灵魂。”形成城市文化的，不是那些花里胡哨的城市广告，恰恰是那些维护公共审美载体的文明的行为，维护公共审美因素的守法的道德，也恰恰是对历史的尊重和包容。

但在我们的城市里很难找到尊重和包容的影子。故而一切都是新的。路刚修过不久，又要拓宽；绿化刚提升不久，又要完善；大楼刚重建没有几年，又要改造。迷茫！城市要得到健康的发展，应重塑一切旧的范式。

大海的晨曲

我沿着熟悉的马路来到了东海边的那一片金黄色的海滩。首先一片澄明向我袭来，紧接着是大海的碧蓝的冲击，天空蔚蓝的冲击，和着新鲜的空气带来的一些清新。我转着身子，张开双臂，深深地呼吸，远望着周围的景色。东方的海面上，太阳也已经升了起来，红红的，圆圆的，辉光还没有那么强，但我已经感觉到了她的温暖。

这偌大的空间、美丽的海边，竟只有寥寥的几个人，其中有一位女子带着一条狗走在水边，走在阳光下。我是面向太阳看过去的，故像一个现实的剪影。除此以外就是那些鸟、蚌、蟹各自在忙碌着。于是我就独自拥有了这美好的时光和这得天独厚的环境。我和远处的海岸上的那些高矮不同、错落有致地默默矗立的建筑一起享受着、聆听着这大海的晨曲了，感觉到过去失去的那些早上的时光是多么的可惜。

大海里的波浪映照在阳光下，粼粼的波光不断烁烁瞬闪着，一浪接着一浪来到岸上，冲洗着脚下这片闪着点点金光的沙滩。海面之上飞着许多的鸥鸟。一会儿飞起又落下，一会儿飞去又飞来，一会儿嬉闹鸣叫，一会儿相安无事。其中有一只雄鸟，一定是在追求一只雌鸟，发出呦呦的叫声，但雌鸟并没有情意，当雄鸟追上来时，雌鸟不理不睬地快速向前飞去。当雌鸟远离，雄鸟又鸣叫着在后面扑扑啦啦飞过去，雌鸟仍我行我素，继续向前。三五次后，雄鸟失望了，鸣叫着直向高空飞去。但鸟的喜怒哀乐就只好由鸟去了，我却总是快乐的。正在走向前时，忽的一片鸥鸟"哗"地飞起，迎着太阳，沿着海面，翅膀舒缓地画着弧线，那样的有力量，那样的有秩序，在水天之间尤其显得动人。原来是我的近前惊扰了她们，她们也只好飞落在离我更远的海滩上。从岸边的松树上飞来了几只喜鹊，落在沙滩上，并舞蹈着走向鸥鸟群，与鸥鸟共乐，使得大海的晨曲更加和谐优美。

视线从远处回到眼前，突然发现许多小动物在脚下行走。于是自己蹲下细观，才发现是许多的小螃蟹。当它们感到有动静时便瞬间遁于沙滩里去了，只有许多浅淡的沙窝。当你平心静气地稍等一会儿，它们又会从沙窝里像戴着铠甲一样满身附着着沙衣，像一个小小的机器人似的慢慢地行动起来，一会儿又像是一个复活的小动物，很快地在沙滩上横行了。你从脚下望过去，望向远方，只见沙滩上密密麻麻的，如同蚂蚁成群形成了一个大的阵容，蔚为壮观。在广阔的天地之间有这么一支小精灵的大部队在行军，拥挤得几乎放不下一只脚，使我不敢迈出脚步，唯恐踩着这些可爱的小生命。

在小螃蟹的队伍行进途中，有许多白色的蛤蜊壳，肉已被鸟儿啄去，空空地立在沙滩上。由此，我想起了“鹬蚌相争”的画面，才明白为什么有那么多的鸥鸟在岸边盘旋，为什么有那么多白色的蛤蜊只剩下了美丽的贝壳。我手中拾获了几个大的白色蛤蜊贝壳，从根部散发着波纹。但海岸上大方地陈展着许多，我不能更多地携带，后悔没有准备一个大的口袋。当正在欣赏大海送上岸边的这些礼物时，又发现了一个大的白色贝壳上面已经长满了多种寄生物，看上去有点文物的形态，我只好舍弃一个，再捡起这一个了。

看着岸边这些景象，我忽然想起了前几天大风曾疯狂地摇着大海，惊涛骇浪把那些海草、蛤蜊等杂物送上了岸边，我无意当中成了一个不费吹灰之力的拾海者。那天的海浪一浪一浪地疯狂地扑向岸边。那些用石头砌起的海岸，激起了滔天的巨浪，一时浪花万朵。巨浪受到撞击后迅速回返与迎面扑来的巨浪相遇又一次激起巨浪滔天。前赴后继浪花怒放，此起彼伏波涛汹涌。那简直就是摇滚乐，撼人心魄。今天倒像是一首赏心悦目的轻音乐。

渐渐地阳光强烈起来，洒在大海上，洒在了沙滩上。船儿收工了，鸟儿飞走了，小精灵们遁去了，只有那些美丽的贝壳在阳光下更加美丽，有的闪着多彩的光泽。我又忽然意识到，这晨曦的一段时间是勤劳者们的时光。

大海、天空、沙滩、阳光、浪花和这些勤劳者们共同奏响了大海的晨曲。

登千佛山记

日转西边，松风送爽。千佛山一片葱郁，正是登山的好时节。从千佛山南门入山，直沿着那条通往山顶的石阶拾级而上。

山门处，浓郁的香甜弥漫而来。这美妙的味道如同槐花的香气。但这个季节槐花早已衰败。四处寻找之时，方看到山门十字路口有几株野枣树，正纷纷扬扬地开着米色的小花，一串一串地挂在枝上。我特意走近嗅了嗅，以示对这些自由生长在山里的野生植物的敬意，然后情不自禁地说了一些赞美的话。

一路拾级而上，荆棘丛生，灌木葱茏，山风时常送来恬淡的香气。我多次停下脚步欣赏这些野生的小花，五个小瓣，每瓣之间长有一个绿色的花须，花瓣倒托着花蒂，上面还有许多蜜蜂在采蜜，不停地扇着翅膀，忽近忽远。

山上稍大一点的树，就是松柏，还有野椿、黄栌等。松柏这种树木，我在童年时期就很熟悉。因此观之如见故旧，令人欣喜。记得外婆家里就有这么一棵高大参天的松树。比房子还高，直挺挺的，四季常绿。孩子们经常在院子里捡松树落下来的松针和松子。那棵树的高大使我不能细观其冠，只是通过落到地上的松针和松子来了解松树冠的细枝末节。如今站在岩石上俯视，近距离地欣赏这种松树，看到那些小虫一般粗细的松针，其中结满了松子，松子的壳还是绿色的，看上去还比较稚嫩，但至今我也不知道这松子是否可以食用。

石阶两边的树下和灌木丛中，散落着许多石头。每块石头都圆润、包容，不曾有棱角的尖锐。我又疑惑这里曾经是沧海，否则为何石头这般圆滑，一定是被水冲击过，才抹去了棱角。要么就是佛的化身。捡起一块仔细端详，每块石头都很有形状，仿佛充满了灵性。我有些爱不释手，向石头下藏身的小虫们说声对不起，另寻他处安身吧，便把石头带走了。这石头是带有自由、自然的灵性的，同时也是带有地理、人文的佛性的。所以有千佛山的石头在身边就有佛在身边之理。

石径上一路静无一人，脚步声和呼吸声就成了主要的旋律。这种旋律宜于思旧，使我不由自主地又忆起了大学的时代。我读的大学就在千佛山脚下，千佛山给了我许多精神的东西。大学是难忘的，大学是美好的，岁月蹉跎，时光荏苒，但却难以磨去记忆。在此时，我忽然想起来一首歌的词句“高高的树上结槟榔，谁先爬上谁先尝”。这首歌的词句，乍一想与登山无关，仿佛在此想起此歌有些突兀。但仔细琢磨却大有深意。这也许是山的哲学的灵感。山，无限风光在险峰。树，高高的树上结槟榔。谁先爬上谁先尝。这也许就是人们所说的“天道酬勤”吧。

大学时代往往充满了幻想，可以称之为理想，而现在的我则是常常忆起过去、怀念旧人，到底又想起了过去，往事又历历在目。

太阳已经看不见了，但天宇之明还能令人意识到太阳还在起着作用。我也加快了脚步。突然一条平坦的马路横在石阶前。四下望去，又看到了在路的另一边树林中隐藏着的石径。横穿过那条马路，再次重复着那些石阶，但却有了不同的意义。

晚风吹来，情绪飞扬，畅快之感随之而来。松风柏声如潮水一般荡漾而去。即将到达山顶之时，一位身背旅行包的登山者从山顶袭下，与我主动搭讪说：“很近了，快要到了”，指着上边说“那就是顶峰”。我昂首望一望，微笑着摆了摆手，快步迈上了最顶峰。此时，暮色微降，环顾四周，旷达如空，山下“齐烟九点”尽收眼底。

千佛山，千佛山，入山成佛，入山即佛。千佛山的佛是有灵性的，可以使许多人成为佛，此乃真正的千佛山。山上石刻的佛和在山中活动着的人们皆为佛门之子。千佛山石刻的佛乃真佛，可化身千亿，济苦人间。

人与佛的肚腹小如拳石，但去七情弃六欲，放浪形骸，逸于苍天，那么人就化身千亿，有了胸怀，佛就法度无边，有了意念。所以佛非一事一时，人非一时一事。佛与人的区别就是，佛把自己完全融入自然，而人则把自己完全融入红尘，人应有佛的哲学，佛也有人的观念。

从千佛山上归来又投入了万丈红尘、茫茫人海，我不能永远为佛，但我可以常入佛山、常悟佛性。立于千佛山脚下翘首山顶，已被暮霭所掩，沧沧如墨。

芬芳的孤寂与清高

张爱玲是中国现代作家，她的许多文章都给人们留下了深刻的印象。关于张爱玲的生平，她的传记已有许多。每次读张爱玲的文章或是传记时，都有写一点关于张爱玲可怜、可敬的一生的想法或冲动。只要写点，那都是可以聊以慰藉的。

读张爱玲的作品可以知道她是一个很有个性的人，略带一点任性。可以粗略地这样给张爱玲的性格定个性。性格的形成有其成长环境的原因，并且是一个很重要的原因。除基因之遗传外，外部的环境影响和生活经历都是性格形成的重要因素。

张爱玲生活在一个不平凡的家庭，家出名门。祖母李菊耦是慈禧心腹李鸿章的长女，祖父张佩纶是清末名臣。所以家境是很好的。但那个时候的家与国是相连的，国家内忧外患，家也是不得安宁的。外国大量的鸦片进入中国，首先得到这些鸦片的，就是那些贵族们，其中包括像张爱玲这样的家庭，属于近水楼台，有渠道，有金钱，有条件。

张爱玲1920年出生在上海公共租界西区麦根路313号的一栋建于清末的西式豪宅中，1995年病逝于美国加州韦斯特伍德市罗彻斯特大道的公寓。

从张爱玲出生到1944年她与胡兰成交往这段时期，正值社会动荡，中外矛盾、中国传统文化与西方现代文明的碰撞形成了张爱玲成长的社会性旋涡。家庭影响与社会影响的叠加，形成了张爱玲的个性。

她的父亲，用现在话说是“花花公子”。父母结婚后，其父张廷重还经常去逛窑子，回家以后又吞云吐雾，无所事事，不劳而逸，凭着自己家族的遗产，极尽骄奢淫逸。父亲不负责任的行为，使儿时的张爱玲从心理上受到了不良影响，而且父母之间经常吵闹，张爱玲内心受到了许多的伤害。后来其母亲去了英国旅居，长时间不在家，张爱玲也就失去了许多的母爱和母亲的教育。母亲走后，父亲便把纳为妾的妓女领到了家中，成为张爱玲的继母，当时的张爱玲才四岁，从其继母那里得到一些温暖和关怀。但毕竟是一种残缺的、受到创伤的爱。所以张爱玲也就更多地跑到她的姑姑那里去寻找一些母爱，寻回一些温馨，她的姑姑便成为了张爱玲真正意义上的亲人。眼不见为净，家里父亲与继母的无聊与无为，烟雾缭绕的空气，污浊的精神环境，也就留给了她的弟弟。自此就已经表现出了张爱玲的坚强，同时也渗透着张爱玲的反抗，并带有一点自私的行为和对亲人的冷漠。她的弟弟便成了那个家庭中的小尘埃，被不和谐的扫帚荡来荡去，成为一个可怜虫。

张爱玲的母亲，是一位现代的女性，有着强烈的自由意识和独立精神。与其父亲那种浑身蔓延着封建意识的大男子主义是格格不入的，家庭中不幸福，她就一走了之。张爱玲才刚四岁的时候，母亲便为了自由独立的生存，而毅然跨过了太平洋，去了最具现代意识的英国。在上海时，她的母亲住在英租界，但英租界中也有着封建的影子，仿佛永远也抛不掉、甩不去，使她长期不能平静，使她永远在一个烦恼忧伤的暗夜中生活。

长空一击千万里，扫却尘埃一身轻。
虽有亲情牵挂在，远去不见忘烦经。

太平洋的澄明，太平洋上空的清净，洗却她全身被封建意识熏染了的污点和浊粒，来到另一个世界，脱下了被大烟熏呛的中式旗袍，换上了带有咖啡味道的短裙与衣衫相合的自由衣裳，一去就是四年。当她回来时张爱玲已经八岁，已脱去了一些孩时的稚气，并没有把母亲当作母亲，而仅仅是一位亲人而已。亲人是相互帮助的，但没有责任，母亲是有着养育责任的。在别人看来，张爱玲的母亲是完全可以把张爱玲一起带上跨过太平洋的。这样或许会洗却一些她那心灵上家庭支离破碎的伤痕。但无奈的张爱玲除了少许时间跟母亲生活在一起，大部分时间在天津，这一段时间大约是六年光阴。张爱玲与母亲相处两年，离别四年，时间像洗涤剂一样洗却了对母亲的思念，洗却了一切美好的向往，她适应着这个家庭的枷锁和精神的桎梏，随遇而安地过着平静的生活。后来由于世俗的动荡，又不得不迁回到上海。

继母孙用蕃后来也染上了烟瘾，与其父亲共同在烟土面前精神和肉体全部沦陷。这时的张爱玲已到了上海圣玛利亚女校，1931 年秋入校，并住在学校里面。她的父亲张廷重与继母孙用蕃则迁居到了张爱玲出生的那个地方重新起灶了。张爱玲的母亲黄逸梵与其姑姑在外面买了一个房子住在一起，后张爱玲在学校时，母亲黄逸梵再次与张爱玲告别，姑姑便成了张爱玲唯一的精神寄托。

在上海圣玛利亚学校学习时，张爱玲找到了一些自尊和成就感，发表了一些文章。但没有多久张廷重的妾妻也受不了张廷重的生活，从这家中离去了。后来母亲受父亲的邀请从英国又回到中国，父亲说痛改前非，重新做人，开始新的生活，故张爱玲的母亲带着希望，望家庭裂痕重新弥合。当母亲又带着那颗揉碎的心来到上海时，张爱玲和父亲也来到了上海。离别时张爱玲的号啕大哭声仍然在张爱玲和母亲的耳边回荡，就是这种回荡声才使得作为一个母亲在漫长的离群索居中煎熬。尤其离开了她的家、她的女儿、她的亲人和故土，很难想象作为一个母亲那种理不清思绪的清净的国外生活是如何度过的。但是当带着希望和伤痛回来时，竟没有想到，张廷重已不能履行自己的诺言，坠入云雾而不能自拔，使张爱玲的母亲大为失望，家庭的裂痕也已完全破裂，成了不可重圆的碎片。张廷重和黄逸梵真正离了婚，张爱玲的家庭不是残缺不全，而是完全的没有形状。

到了上海以后，过去是苦的，是累的，是令人忧伤的，未来也并非幸福快乐的。那些令人不愉快的事情仍然在这个家庭中蔓延。只是令人欣喜的是张爱玲此时已住进了学校的公寓，偶尔也到其母亲和姑姑的公寓中去小住，所以“公寓便成了张爱玲最好的避难所和娱乐场”，如果不是为了学费，张爱玲也不会回到那个充满阴影的家中。

张爱玲在二十四岁时，就遇到了她强烈爱着的胡兰成。那是她新生活的开始，也是新的烦恼、新的不幸的开始。爱情使她燃起了新的生活的希望，像是一朵水莲经过了冬天以后又从那潭泥水中拔出梗，长出了骨朵，开出了鲜花。那么淡雅，那么清丽，然而秋来了，冬也来了，又使那朵鲜艳的花朵枯萎。

胡兰成先是见异思迁、以才自傲，并经常寻花问柳、放荡不羁。张爱玲曾多次进行争取和挽救，但都无济于事。张爱玲到这时候遇到两位男人，一个是父亲，给了她生命，却并没有给予她很好的养育和教育。一个是丈夫胡兰成，让张爱玲从尘埃里发出芽、开出了花，但并未给予其应有的营养。一切的不幸都让张爱玲遇上了。太平洋战争爆发以后，日本人的侵入，也使中国的军队出现了派别，出现了一些靠日本人吃饭，靠日本人撑腰，借势扩大自己势力的“汉奸”。胡兰成被他们利用，成为他们的喉舌，真正成了“汉奸”。因此，张爱玲也成了汉奸的老婆，受到了连累。但张爱玲并未有半句怨言，自认了“嫁鸡随鸡，嫁狗随狗”，封建意识在她身上还是留有烙印。但就是在胡兰成作为“汉奸”被抓捕时，张爱玲仍然想劝归，不过仍未能成功。从此张爱玲便独自离开了这个“生我养我”又给了“我”无限痛苦和忧伤的故土。谁也未告诉过，谁也不知道，带着一颗破碎的心，带着眼角的泪痕离开了。风儿吹乱了她的短发，风儿撩起了她的衣裳，但没有什么去安抚那颗冰冷的心。

先是跨过台湾海峡，来到台湾岛，后又跨过了太平洋去了美国。她并不希望见到任何人，不想再有什么样的伤害，台湾还是离得太近，会有许多人通过许多线索打听到她的消息，会以各种理由和事由去打扰她。于是毅然决然地走得再远一些，再远一些，如果杳无音信是最好的。于是，便隐于美国的市井之中，把那些光环全部都收入了魔瓶，扔进了太平洋。但张爱玲酷爱着文学，只是为了文学而文学，故也就只与香港的一对夫妇宋淇、邝文美联系在香港和台湾出版其文学方面的书籍。

张爱玲不是没有快乐，虽然缺少快乐。但张爱玲文学上的成功使她弥补了一切的不幸。在上海的那些日子，她发表了许多小说。使其一夜之间成名的是第一部小说《半生缘》。在发表小说之前，也是受其父亲的影响，张爱玲喜欢看戏，如中国传统文化中的京剧、黄梅戏等，并且写了许多剧评，发表在上海有关刊物上。这就是她写作的序幕，开了一个好头，给了她信心，在写剧评之前是上中学、上大学时多次在学校刊物上发表小文章、小小说及散文。这是张爱玲开始写作、与文学为伴的前奏，给了张爱玲以喜爱和兴趣。这一切都使张爱玲在苦涩的生活中寻到了甜头，也使她的父亲为之动容，资助其上大学，也使胡兰成说看到文章则想见其人，见到文章就爱上其人。苦难塑造了张爱玲的个性，也使其小说塑造了一些像张爱玲一样有个性的主人公。读到各种张爱玲的小说，主人公的身上折射出张爱玲本人的性格，所以张爱玲的小说文章来自现实，也充分反映了那个时期社会的时弊和世俗。所以一时上海乃至全国的读者都手捧张爱玲的小说以饱读，也使张爱玲在文学界引起了热议和轰动，成了文坛的新星，为其成为著名作家奠定了坚实的基础。

张爱玲的成长与成功可以用这样一句话表述——“宝剑锋从磨砺出，梅花香自苦寒来”。张爱玲就是一朵梅花，就是一朵玉兰花，就是一盆香菊，就是一丛翠菊，就是一棵青松，无论环境怎样恶劣，是寒风，或是暴雪，她都会含笑枝头，凌寒独自开放在山中、墙角以及那些荒无人烟的原野。越是无人知，越在寂寞中，她就越孤傲，她就开得越灿烂、越生动。

张爱玲到了美国之后，多次移居，以避人耳目。其在美国接触的人不多，除了为了生存接触的几个人外，没有接触过什么人物。张爱玲身无分文之时，为了生计，只得去了新罕布什尔州彼得堡的麦克道威尔文艺营。在此她结识了六十五岁的左翼剧作家赖雅。两人谈论文学，后相处相爱，成了驱逐寂寞的伴侣。但最后两人分手，赖雅离开了文艺营，到了纽约州北部的耶多文艺营，此时张爱玲发现自己已怀孕，便写信给赖雅。赖雅便回到文艺营接上张爱玲到了耶多定居，但赖雅身体不好，生活又拮据，他们只好把孩子打掉。这使张爱玲再次受到了身心双害的打击，照顾赖雅成为了她的责任和义务，担起了家庭生活和生存的重任。一边写作，一边为赖雅治病，命运就是这样，该尽义务的没有尽，萍水相逢的却成了至亲，但带来的尽是付出和奔波，不曾有什么快乐。这又使张爱玲最后一次领略了家庭带来的愁苦，从此张爱玲便真正抛弃了家庭，她把家庭写进了小说中，成为是非之地，她自己真正成了天涯苦旅之人。她在美期间，有一位记者跟踪多月后，约见她，到了她的住处，客厅白天也用窗帘紧紧密密地遮挡着，柔暗的房间里张爱玲穿着黑色的富有个性的衣裳，热情地接待了他，从此再也没有会过客。

有一个人为了见到张爱玲，或得到她的一些信息，就在张爱玲的住所相邻处租住了两个多月。有一次张爱玲出门送垃圾发现了此事，第二天便再次移居，此后，便消失在茫茫人海，再也没有出现在人们的视野中。当其死在公寓中七天后被发现时，她穿着礼服，躺在寓所的客厅里，这是人们又一次也是最后一次见到她。

一位文坛之星陨落了，但其光芒却从未消失。正如陆游诗云：“零落成泥碾作尘，只有香如故。”

焚香

焚香，我总认为是一件闲事。是古人，那些士大夫、帝王将相、文人雅士、僧道圣医之闲事。这与古代的文化、环境、习俗有关，而与现代社会的格调是格格不入的。我一向视之为不屑。“香出薰笼热”，染养好闲者。

焚香之事，只能作为一种文化去回忆和体验了，如果用在日常之生活中，难免显得迂腐，因毕竟已过去了那个年代。这种焚香的文化与冰箱、空调、除湿机等已有不和谐的气息。不过现在许多的茶馆里都会焚香，以沉香佐茶香，也颇有禅意。燃上沉香，插入炉中，便有香烟袅袅而漫去。

有的香是沉香，一炷细而长。我原认为是用沉香木做成，其实不然，沉香与沉香木不同，沉香木是树木之本身，而沉香则是香树中的油脂物。燃过的灰烬会挑在火红的正在燃烧的香头上长长地略微地斜向一旁，不愿离去。从香柱上飘出来的烟缕，常常成两条线双双漫舞，那烟线在空中飘着，对着亮光观去，悠然自在。但烟线反应非常灵敏，来自周边的风，或挥动的手，或飘来的话语、笑声都会让它做出美丽的反应。结着结，打着圈，迂回着，曲折着，上上下下左左右右地平移与升腾。多么的飘逸，多么的轻盈，多么的浪漫。香烟迎合着八面而来的风与声，又不失自己的性格而尽情地表演，升到一定高度，便形成一层淡淡的云，神圣而又崇高，真的如神灵一般。你看到时会屏住气息以膜拜之。你会感到那是生命，那是古代人们的复活。那烟线明明在升动，可又使环境宁静得可怕。甚至那烟会变成会说话的人，不知是今人还是古人。瞬息那烟又变成了一种动物，不知是龙是虎，是鸟是凤。有时会被带入历史的源头，不仅看到了“究天人之际”的古代人的思想境界，也看到了那些躺在河边的历史战士的血的陈迹。古人曾用之寻求过美的感受，以及宇宙或社会的哲理性的东西，但都是为了忘记人性那些劣迹，而忘记现实中的追逐，去追求那些像眼前这烟线般的缥缈的美丽，而求得变幻般的瞬间。

焚香是人们聊以自慰的一种虚无。在《圣·雅歌》中，天堂被形容为一个充满香料气息的百花园。紫禁城的沉香飘着清朝的记忆和气息，清宫将沉香广泛应用于各种祭祀场所，如天坛、地坛、月坛、日坛、太庙、先农坛、圆明园、雍和宫及藏传佛教之地都大量燃焚沉香。《听翠图》中充满了宋朝文墨的记忆和气息，飘着宋徽宗赵佶的琴韵和意境，一棵苍松，凌霄盘缠云上，树旁几株翠竹，树下一人抚弦，二人分座恭听，一旁香炉白烟袅袅，中间的一棵古松如一炷香柱，松叶如香烟滞留在松枝之间，高雅古典之气四溢。

追溯历史，中国最早使用沉香祭天的是南北朝时期的梁武帝，祭祀仪式十分的隆重。在丝丝青烟笼罩下，将皇权的神授天命颁昭天下。

看到烟丝，我忆起了历史。穿行在历史长河，故我也可以明白为什么皇帝会以烟云以表神授天意，为什么士大夫以烟丝以享隐逸之情，为什么平民百姓以烟雾以求平安吉祥。我已改变了我开始的不屑，而以屑观之。但却屑而不够，决定需以研究为题去寻求，以“究天地之礼”去求焚香之意、焚香之历史和文化。

我在看在想在欣赏，我在变在行在升腾，我在奔驰在飞翔在漫舞，我在追求在远行在溯流。

风雨之声

自古以来人们就喜欢听风雨之声。风雨之声是天籁之音，每一章节都是新颖的，绝无雷同或重复的音符。

雨打芭蕉，雨点敲窗，大雨瓢泼，都颇有点情调，听来尽沁人心脾。但是浮躁的人们啊，早已不再有时间去欣赏这大自然的音乐杰作了。

其实风雨声是大自然自由的表白，是对人类狂傲的教诲，而人类的狂傲也早已不理会这些天然的教诲了。何谈聆听？

许多的人只顾自我欣赏，陶醉在自我创造的一切迹象中。倘若陶醉于莫扎特的交响乐曲，或是陶醉于莫泊桑的短篇小说，或是陶醉于芭蕾舞的优美舞姿，倒是可以赞赏的。但是如果是陶醉在大喊大叫中，或是自以为是中，或所谓的战天斗地中，自我陶醉，那就很令人为之担忧了。

这不是杞人忧天，很多时候，在喊叫声中改变了山川的面貌，河里无水修拦蓄坝，天上无雨用炮打，人定胜天的斗志不断地在膨胀，把大自然当作了工具，当作了资源，肆意而为。完全失去了对大自然的敬畏。更何谈欣赏大自然和聆听大自然呢？

闭上门，拉上窗帘，屏蔽信息，开始聊天了。喝着茶水一聊几个小时，自娱自乐，仿佛一片祥和，讲完后自觉卓有成效。什么风声雨声，什么阳光雨露，都被隔在窗外。

但当你走出门来，打开手机时，那些信息像风雨一样地袭来。祥和忽然不知飞落何处。不作为者、作为者，都有吐槽的。什么事故的发生，什么外来的侵扰，什么道德的沦丧，不一而足。而这些网上人为的风雨之声使得人们本已疲惫的心情更加沮丧，哪里还有心思去听那些来自大自然的风雨声呢？

其实应当特意地去听一听自然的风雨之声，可以净化人的心灵，修复受伤和疲惫的身心。但是忙碌、疲惫、沮丧、伤害，哪一种状态能使人们去听自然的风雨之声呢？都会使自然风雨之声不再是一种天籁，而成为一种愁绪。人类的病情已进入膏肓，已不是风雨之声所能治愈的了。

自然的风声就像一剂良药，但这药力，无法挽回人类的健康，不得不动动手术了，所谓要刮骨疗毒。但手续又无从着手，最终还是劝人们：回去吧，常常听听自然风雨之声，愿意吃点什么就吃点什么，慢慢修复，只有如此而已。于是今人就更加的恐慌。

古人则不然，而是善于听风雨之声的。

天风裹着雨袭来的声音，可以让人从中悟出许多的哲理：其一是人在屋檐下不得不低头；其二是风雨人生，泥泞的人生旅途。古人之智慧是用心体悟出来的。古人会在山野当中一间茅屋听风雨之声以修身。山里的风雨声是立体的，会从四面八方传来。古人则犹如一粒自由的尘埃，浑然于自然的风雨之中，任其洗礼。在这大山里与万物交融神会。大自然的灵气浸透了全身心，彻头彻尾，扫除一切的毒素，洗涤得你的五脏六腑光洁而鲜亮，使得你的思想道德进入返璞归真和道法自然的层面。

风雨之声也是一台交响乐，时而悄悄，时而匆匆，时而滴滴，时而嗒嗒，时而如奔腾的黄河，时而犹如琵琶声曲，时而犹如绿岛小夜曲，美妙之处不可言语。古人是深知其妙的。

今人则听而不闻、视而不见，送来的风雨之声尚且无暇、无心去欣赏，更何况到山野中专为听风雨之声而去呢？有点时间何不坐而论道、夸夸其谈，数数忙碌中挣来的钱财？

今人就是这样，风雨来临却在忙于名利，早已辜负了风雨之声。

过度

过度的问题，在许多的领域存在着，并没有终结的苗头，还没有看到根治的希望，依然在不断地蔓延，像一颗毒瘤一样，侵蚀着整个社会的机体。

我一时不知道从何处谈起，但我略思之后觉得浑身都是辫子，随意就可以抓住一个，或者说到处都是切入点，那么就从人的身体生病这件最普通的，也较普遍的事情说起吧。

选择这个缺口以后，又有许多的有关信息像流水一样争先恐后地涌流。

那就从一个人的感冒开始吧。感冒之事不是大病，只是呼吸系统出了一点故障，最好的药用便是时间，还有一样便是水。如果一个人感冒了，除喝水以外，就是要由时间来治疗，正常则是一周，便可以痊愈。但人们则往往要开一大包的药，甚至还要打上几个瓶子吊针。有时由于过度的医疗，一点儿小病，住院后也便一住而不能解脱了。这便是俗语说的，烧香引出鬼来。

如果得了什么病，连医学界都说是疑难杂症，那么患病的人便更搞不清楚了。那么患者肯定是刀俎之肉鱼耳。很可能是很简单的一种病，却被误判为癌症，那就只有任人宰割了。故而病人是要什么给什么，要肺给肺，要胃给胃，要肾给肾了。不仅有患者的身体部件，还要大把的钱呢，这其实都不重要，重要的是阎王爷的权利也都给了大夫，最终把患者的命也就夺去了。折腾了半天，轰动了三亲六故，把家产也输掉了，人财两空而已。

对人之本体或说是生命尚是这样的，可想而知，其他领域的过度性了。先看看农业吧，以蔬菜为例，原本只是一季产菜，入秋冬，土地可闲。现在在土地上架起了大棚，控制温度，不停地产出蔬菜，但温度可控，土地却被抽干，只有再多地使用化肥，再多地使用农药。过度地开发利用土地，土地板结，农药残量过多，也成为不健康的罪魁祸首。

城市的开发也是这样的。楼盖得越来越高，密度越来越大，仿佛要把地球压垮。这根本还没有达到理想，总想着密度再大一些，高度再高一些。但是可怕的是没有满足的终点、没有放慢的脚步，一再地突破、突破、再突破。故而人多了，车多了，资源少了，城市堵了，诸多城市病来了，但大家只有叹息了，已无力挽回。人都是土生土长的，最后把自己挂到天上去了。

再说那各种的养殖，并不仅仅利用海水、淡水去养殖，那已经是过去的事情。现在的人们则是精明的很，水底养，水中养，水上养，把水的全体用尽。不仅如此，而且为了高产出，在水中撒入了许多的增产剂，产量高而又高，产品大而又大，人们都看着惊讶，只中看不中吃。水也被污染了，这是危害极大的，它像人体的血液一样遍流全体，可升腾入空，可渗透入地。不合格的水像毒液一样危害着生物。

搞旅游也一样，总是希望来的游人多一些，不断采取多种手段，扩大旅游的影响、知晓度，使游人蜂拥一般而至，结果文物受损，生态遭到破坏。云南有一个蝴蝶泉，当初人们来时，蝴蝶总是铺天盖地的，跟随着游人飞舞，有时落在人们的头上、肩上，使人们喜不自已，如吉祥天降。但随后，人们慕名而来，接踵而至。人越来越多，蝴蝶越来越少，最后人比蝴蝶多。终于蝴蝶飞尽，只在那里立了一块蝴蝶泉的石碑。人们后悔耶否？

记得日本的规划专家看了一个地方，这个地方是要准备开发的，所以日本专家就被请了来。但是很是出人意料，日本专家察看了后，指着一边说：这里自然生态很好，不能动。也就是说不需要规划，自然的就已经很吸引人了。再察看了左边说：这里也很美，也不能动。再察看了右边说：这里同样很美，也不能动。然后转过身来看了看后面说：这里是最美的，也不能动。最后，开发者很失望，都不能我们干什么？日本专家的眼光和观点是有独到之处的，与我们的眼光完全不一样。我们的规划是项目满满的，大有过度的嫌疑。

我想就此结了尾，因为越说越觉得这点文字无足轻重，而人们的文明观和利益观才是举足轻重的。

海的博大

风景美如画。一边是层峦叠嶂的山脉，一边是波涛起伏的碧海，上空是白云飞渡的蓝天。海环抱着山，还是山环抱着海？但有一点不容置疑，那就是天空笼罩着这一切。一个温馨、自由、狂放，充满着大自然性格的有形而无边的空间让人感到一种博大。

伸出的几座山峰，像是山神的两只胳膊，仿佛是在拥抱大海。金色的沙滩，形成了一个黄金色的月牙。海滩上边的山坡，许多人家把别墅盖到了上面，并在山峰下错落有致地展开。这是神仙居住的地方，那么的神秘，那么的令人向往。

站在山上向东望去，那就是无垠的大海，湛蓝湛蓝的，上面除了万顷一碧的波浪，再也没有什么了，那么的博大，那么的令人陶醉。

海是博大的，有人说海绕山而转；山是博大的，有人说山圈海而立。苍山如海，浪涛如山。这很难令人分出伯仲。两者的相接，无论如何也是博大的，必定与渺小无缘。那种博大会把人融化，所以在这里没有看到飞鸟，或许被融化，或许飞落在林中的一棵大树上，正享受着天堂般的景色。

夕阳斜照时分，但也许是由于西边的那一片山已完全遮住了全部的阳光，也许是由于阴天的缘故，海湾里只有一片澄明，不曾有强烈的光射来。这与青山碧水是特别相宜的。

那些小鸟和海鸥，仿佛永远地被陶醉，不能鸣啼，也不敢振翅，唯恐打破这一片境界。但游人却不同，欢笑着走向绿水青山之间的那一条金黄色的沙带，走向海浪。游人走过，无论是怎样的热闹，也只是留下一个一个沙坑，不曾留下一个清晰的脚印，你很难辨别和认定谁曾经走过。但是人们仍在沙滩上骑马奔驰，也在驱动着那些橡胶轮子的机械车奔跑。人们的欢呼声、笑和声、马蹄声、机器轰鸣声都被大海的潮声所吞噬。

大海的波涛时常袭上沙滩，一浪高过一浪，沙砾被浪抛起又丢下，丢下又抛起。沙砾伴着浪花在飞舞，形成了一片时白时黄变幻的魔带。人们走在上边，不用说脚印，就是沙坑也很难留住，很快会被逐来的海浪拭平。人们挽起裤腿踩浪，滚滚而来的波涛十分壮观，大有排山倒海之势。明知波涛会来，会浸湿自己的衣襟，却仍然站在那里等候。波涛卷着沙砾袭来时，人们会束紧身子，提起已挽上的裤脚，以免被海水打湿。但海浪却故意把浪花抛出，淋湿人们的衣襟，更不必说提得很高的裤腿。浪花并不无偿地淋湿人们的衣裳，它会捧上一把沙砾，送到你挽起的裤脚中，算是送给你的礼物。当你放下挽起的裤脚，沙砾就会露出潮湿而洁净的面色。

一浪刚退，另一浪又会卷沙重来。当海浪撤退之时，速度之快让人眩目，那立体化的海浪，在退下之时突然如席一般地铺开，白色的浪花如雪片一般形成一幅平面花纹图卷。幻灭之间你会感觉天旋地转，如山海倾倒。如果你总是盯着那些浪花，你就会感到“对此欲倒东南倾”。这时你需要远观，方能产生一种定力。你才会突然发现剧烈的变化是局部的。如果一个人只盯着局部，就会把自己置于局部当中，你就会站立不稳。这种幻灭与永恒的游戏是海边游人乐此不疲的。

一浪不平一浪又起的自然现象，人们已看惯，从不深究为何如此永恒不息，人们惯于做一名游客只去观光并享受着。

其实，人类是自然的一部分，尊重自然也就是尊重自己，大自然给予人类的就是生存环境，这对于人类是至高无上的。

在这样美好的境地，人们自然都是陶然忘机者，随着时间推移，大自然的另一种现象“暮霭”降临了。晚风轻抚，撩起了游人的衣裳，一种惬意写在脸上。白浪仍然追逐着沙滩，并未在意暮霭的降临，只是大海、大山、天空逐渐融为一体，一种博大在弥漫。远处山坡上的人家的灯光逐渐点亮，自然吞噬了游人。

黑与白

又坐在车上，走在了高速公路上。本想安然地闭目养神，然而外面的自然又吸引着我，使我的眼睛不断地放远又拉近、拉近又放远，观望欣赏着窗外的草木和天空。

这是一个冬天的下午，没有一点的阳光。路两边的大地上铺着一层白皑皑的雪，直到远方的天边。树枝光秃秃的，落下的叶子也被雪盖在下面，看不到一点生机的影子。房子也是白的，也不像是人们住的，简直是天堂琼楼，完全是童话般的。河流的大部被冻僵了，冰上面洒满了雪，河的中央水较深处还没有被冰完全封住，但被冰雪侵占得已经非常的狭窄，蜿蜒着由近而远，犹如一条蟒蛇。远处的山也如苍烟，形体不很清楚，整个世界如烟如墨如云如纱。

这是逝去了生命的世界，然而逝去的生命也曾有过生命，所以苍天也就把这一季节送给了逝去的生命。烟是送给逝去的生命的，它就是诉说；墨是送给逝去的生命的，它就是缅怀；云是送给逝去的生命的，它就是灵魂；纱是送给逝去的生命的，它就是挽歌。

一切逝去的生命都归于大地，而大地的一切又终归于生命。

这是一个天堂的季节，那么平安，那么寂静，那么深沉，那么淡雅，不曾有丝毫的浮躁和狂妄，不曾有丝毫的铅华和傲慢。这就是大自然对逝去生命的尊重。

我的眼睛不厌其烦地观察着这一切，每次都会有新的思考和收获，自然教会了我为逝去的生命而肃穆。

车在奔驰，路在延伸，自然在重复和变换，思考在深入。天有道，自然有道，此谓大道也。道法自然是人类永恒的追求和探索。路漫漫其修远兮，吾将上下而求索。

车轮仍然在滚滚向前，我除了看到夜幕的黑色和雪的白色，再也读不出什么东西。这是自然向逝去的生命献上的最好的挽礼。

那就是简洁。

这白与黑是一切颜色的源头和鼻祖，这白与黑也是世界文化的渊源，这白与黑的分明也是人们追求正义的标准，是人们判断事物的最高境界。

黑与白也是大自然的宠儿，所以在她拥有的二十四小时里总是白天和黑夜交替出现。白天的光明和暗夜的深邃，那也是世间最朴素、最精致的、最美好的。

花园

去年冬日，凋敝的花园，今年又在春日里返青。

好久未到这花园里来了。皆因冽凛的寒风。今已是阳春，并有朋自远方来，便一起来到花园里散步。忽然感到了花园中植物生命的气息，便有了一种喜悦。同时，也颇感惭愧，冬天的花园里，虽是一片枯容，但草木依然在，而人面哪里去了呢？这是冬天的原因？还是人们太矫情或是只顾得繁荣？

也许，冬天的花园并不需要人的到来。草木是能耐得住寂寞的。当然她们也不愿意人们看到她们落寞的容颜，也不愿意人们看到她们在寒风中瑟瑟颤抖的样子。

其实，我还是很喜欢看到她们洗去铅华的本色的，那些美丽的枝条，映着天际必是一幅天然的画卷。冬天的花园里，不同的植物的枝条有着不同的姿态和性格，让人们钦佩至极。寒风不会使她们退避三舍，她们与风共鸣。当春日来临时，她们也未必急于迎合，而是仍然按照自己的步伐和节奏，向春天走来。

今天与友人共同散步，也是恰如其时。无论是花开在枝头，还是鹅黄的叶子才露头角，都令人愉悦。你看那些既没有花蕾也没有被春风染色的树枝，仍然支棱着，扯着春寒。我由衷地感激朋友的到来，因自己是无暇顾及更不会如此奢侈地徜徉在花园里的。

忽的一只喜鹊飞落在草地上，夺走了我的视线。只见它前俯后仰地走了几步，又抬起头来四顾了一下，便又若无其事地低下头觅食。啄上几口，又抬起头来跄跄前行。它翘着长长的尾巴，不很平衡地摇着头，身上的羽毛发着暗蓝色的光泽。当发现有人靠近时，便翩然飞去。那翅膀上和身上的白色图案昭然若示。此刻的美有了动感，插上了翅膀，也让你的心儿飞动。

在这个并不大的花园里，仅玉兰树就有三株，每一株都不相同。一种玉兰树，开着白玉般的大瓣花，烂漫的花好像是用厚厚的绸缎做成的，把枝条压得弯着腰，在风中上下回弹。远观如同满树的生动的白鹤，给人一种绚烂之意。另一种玉兰树，花是紫色的，与白色花全然不同，枝条向上，而花开如同微笑，笔直地站在枝头，像一枝饱蘸浓墨的毛笔，给人一种生机之意。还有一种玉兰树，花儿总是半开，白色和紫色兼而有之，花蒂之处是紫色，花边之处是白色，像是写意之笔，给人一种人文之意。看后好奇，三棵玉兰树如同一家人一样带有遗传因素的浓厚色彩。玉兰树是一种令人回味的树，树干与枝条有雄拔之姿，花儿则有柔美之丽。如此坚硬粗壮的树枝上如何开出如此娇艳的花朵？并在春天先发一枝，敢向春寒挑战？

花园里还有石榴树、木瓜树、皂角树和紫薇树，这些树还在展示着枝条的气节，都在映着那几朵玉兰花，唯恐打破那一枝独秀的意境。

还有几棵海棠，根深冠茂，长出了嫩绿的叶子，叶间生着一簇簇的花骨朵。叶如碧玉，花如胭脂，犹如水彩染成的似的，浓艳欲滴，令人惊心。

还有那一片竹子，去年春季时从草地上长出许多竹笋来，当年便长为成竹。今年又有破土之笋，穿着厚厚的彩衣，斜倚在草地上，一副憨态之相。每每看见都让我想起竹的精神：未出土时先有节，便凌云去也无心。

正寻觅期间，看到那些一丛丛的无忧无虑的芍药已齐齐地长出了地面。紫红的颜色带着童年的稚气与梦幻。过去，老家院子里就种着几处芍药，冬天来到时，一切都不见了，只有根埋在地里，怕被人踩着便在上面放点树枝，当春天来时，又会生出芽来，那也是人们所期盼的。看着那顽强的生命之芽，人们无不受到鼓舞而欣然，一天看上几次，呵护着娇小的生命从而获得新生的希望和力量。

我想其他的草木们也在春日中悄然萌芽了吧？这似乎没有什么问题，春天毕竟来了。大地上一定处处是花园。

话说三寸金莲

这就是过去的封建思想所为。几寸的脚，裹的都变了形。凸起的畸形的骨裸，寓居的脚趾，一看就别扭着。但在过去却一直被当作美来推崇。

这个带着浓厚的封建思想的扭曲的脚，被穿上了一只小鞋子，上面还绣着花儿，倒像是一个工艺品似的，还美其名曰“莲”。因为形状为一个莲花瓣儿，故而得其名。

奇怪，鞋子是越小越好，达三寸者为金莲，达四寸者为银莲，达五寸者为铜莲，若是再大就称为铁莲。

能穿上三寸金莲的脚的女人，是最美的女人。以此推之，穿铁莲的女人便是丑陋的女人。这样的大脚女人在过去是嫁不出去的。不仅如此，谁如果把脚放开，谁就是大逆不道，谁就会受到谴责和惩罚。女人成了社会的玩偶，这是怎样的世道？还口口声声地说：伟大的母亲。不过从这些苦难看母亲确实是伟大的。为什么一个伟大的母亲，还要让她去遭受无谓的痛苦和伤害？直到现在竟还有公司在招聘时声明不要女生，这种思想也被穿上了三寸金莲。

过去有一篇文章叫《病梅馆记》，文中说："梅以曲为美，正则无态。"把一棵好端端的梅树剪得竖歪横斜。这也充分说明了古人封建思想的畸形。在当今同样也没有大的改观，盆景仍以曲为美，有甚之而无不及。这种审美的观点也被穿上了三寸金莲。

对待人以封建思想而为德，对待事物以封建思想而为美，也真是古人的悲哀。美都建立在痛苦的基础之上，建立在歪曲的基础之上。女人一生都在为小脚而奋斗，但她们的小脚就像现代人用脚跟走路一样，总也跑不快，无论如何努力，永远被社会抛在了后面。

我们的思想，如果像女人的小脚一样，被三寸金莲裹着，看上去有些美，岂不知里面裹着一团无形无力的畸形的脚，那就很难做好事情，很难有好的行为，很难跟上时代的脉搏了。

古时的以"病梅"为美，以"三寸金莲"为美的思想，至今还在束缚着我们的行为，影响着我们的思想，危害着我们的社会。我们给很多的事物都穿上了三寸金莲。城市里的绿地除去了自然，绿地穿上了三寸金莲。树木也被年年剪去枝头，美其名曰"园林"，树也被穿上了三寸金莲。许许多多的地方或领域都被束缚得像是穿上了三寸金莲。

俗话说：与不善人居如入鲍鱼之肆，与善人居如入芝兰之室。习以为常才是大敌。在不知不觉中都裹上了脚，欣赏扭曲的美，望着远去的时代先锋怎么也赶不上。最后在解放思想的喊声中越落越远，在进一步解放思想的喊声中望尘莫及。

棘子树

棘子树，一向是不被人们看好的。但它不卑不亢，仍然健壮地活着，活在自己的世界里。

从来也没有人们去问津，但也长得腰板很硬，直立在芜杂的草丛中。

秋天到来时，也结满了红红的果实，吃起来竟然也是甜的，并没有抱怨过人们关怀的缺失，而是默默地奉献着一切。在这一点上，人们应该给棘子正名，因为通常人们把棘子比喻为小人，把兰花比喻为君子。其实棘子树在植物界是一个铁骨铮铮的汉子，是植物界最忠实的伙伴。每每有它的地方，许多采花者便会止步。故那些娇艳的花也就灿烂而美丽地生长在其间，不被人们所采撷。

有了棘子树的护围，那些娇艳的花得以改变其不幸命运。故棘子树，应授予其护花使者的称号。当花儿开放时，它护围在那里，当花儿开过后，它仍守护在那里，等待明年的花开时节的到来。

棘子树，无论在哪里总保持着自己的个性，宁愿忍受着贫瘠，也不愿有半点的媚骨去乞求富贵的生活，愿意永远守护着那一片生态和烂漫。这就是棘子树的品质。

春天的气息

“冬去阳生春又来。”

微信中已有许多的朋友发来了春的信息。

发来的第一枝春的信息是我非常喜欢的白玉兰。

最初收到的是白玉兰的花骨朵，如一支毛笔一般，生机卓越地立在枝头上。颜色是黄褐色的，像是玉石表面的色彩。

再次收到的便是刚刚开放了的白玉兰，像一只小鸟，展翅欲飞。那样的生动，那样的洁白，仿佛敞开了玉石的心扉。

再后来收到的便是盛放的玉兰花。这时颇像一只飞来的白鹤，端庄地落在枝头，随风摇曳。

从花骨朵到刚刚绽放再到盛开，便像是一件白玉石的工艺品雕刻的过程。逐步地把白色的玉石自身的洁白无瑕之美与匠心独运的人文之美表现了出来。

另一枝春的信息便是那些黄色的迎春花。几粒黄色的豆儿大小的花蕾挂在枝条上，那般的轻盈和鲜嫩。旁边还有几朵胭脂色的海棠花，微微地抿着笑唇。这恰如其分的风度，美得晶莹而剔透。

我忙收起手机，走向窗边向外望去，那若有若无的绿意，映入我的眼帘，我诧异道：哦！这就是春天吧？或许是春天的影子吧？

虽然窗外那些老槐树，依然穿着深色的冬衣，枝条愣愣地横斜于空中，上面那几个喜鹊窝，清清楚楚地盘坐在树枝上，一片墨色，还有那一棵棵叫不上名字的树木，无动于衷的黯然的表情，但这些并没有掩饰住春天的气息。你看，偶尔飞来的一只喜鹊，它飞翔的英姿和鸣叫的声音都带有春天的欢快。

再向远处望去，辽阔的海天如此的澄明。天空中黑色点点的雁群，海面上白色斑斑的鸥鸟，都活跃起来了。

我干脆推门出去，走向野外去拥抱春天了。

我走向了那一片草地，上面有几棵高大的松树。松枝和松针仿佛被刚刚冲洗过了似的，比冬天的颜色清新了许多，有的已生出了嫩嫩的松芽。淡淡绿色的草地上，落满了棕色的松球。喜鹊在这里觅食。阳光筛落下来，一片温暖祥和。

我走向了那一片树林，远看仍旧沉睡的树枝，近观却会发现已变得有些柔软，并凸出了颗颗的“青春痘”。我漫步在树林中观赏美丽而充满着生命活力的树枝，踏着地上已经干枯的落叶，发出清晰的沙沙的声响。我突然觉悟到：这就是春天的脚步声。

我突然感到一种希望所在：春天来了，万物复苏。正是闹春的好时节。小鸟飞来了，动物跑来了，人们也赶来了。于是春天成了欢乐的世界。不仅温暖多了，笑声也多了，色彩也多了，一切都又重新忙碌了起来。

我曾写过一首诗，名字叫《春怨》：

春来百花艳，春去花又嫣。
万事皆因春字烦。
愿春永留河水边，润柳绿条抚水面。
自然怡然享悠闲。
恨春坐客到人间，来来去去让人念。
常在期望绝望间。
盼春天，盼春天，坐在冬日之门槛。
让人受尽风雪寒。
春夏秋冬事，无情皆自然。
我写此《春怨》，替人类感伤。

但那都是矫情。在春天来临之时，不免还是为之喜悦、为之兴奋的。

我完全融于山欢、水笑、草绿、花开的春天里了。和许多路人一样享受着春光。有许多的路人是来春天里折花枝的。我一向是不太赞同的，但今天却异乎寻常，面对这四面八方涌来的春的气息，如此的富足，我毫无吝啬之情，并非常的大方，欣然写下了一段文字：

踏春人，赏花把枝折。

吾欲阻之，折枝何为也?

然闻古人曰："有花堪折直须折，莫待无花空折枝"，又退却。

欲折枝便去折，把手举高些，高枝花开未歇。

犹嘱折枝者：折得花枝，送美人，插鬓边，略横斜。

以此送给春天。

看树枝的季节

又到了看树枝的季节。万物又归于寂灭。

我仿佛很喜欢这个明快而简单的季节。

故便坐上一辆高座车沿着高速公路看这个季节里的风光。安逸地坐在车上，可以动态地饱览前景。

刚出发时，太阳还在山的后面，但天边的颜色有一点淡红，或者可以描述为黄的旋律。两边尽是山峦，草已全枯了，黄黄的，铺在田野里，安然而恬静，当太阳升起来的时候，阳光洒在这些野草上，草像发出了金色的光，有点金灿灿的。树枝在随风摇动，但在车里并不能听见外面的风声，不过树的多姿却尽显眼前，逆光的树枝有点浓墨的色调，顺着光看到树枝尤其是白杨树，却像是涂了淡墨，上面的喜鹊的巢墨色浓了一点。远处那一片山崖抱住了射过来的阳光，暖洋洋的，但怀中的草木依然是干枯的，却也被赋予了一种坚毅的意志。

其实在冬天中，我不很喜欢那些绿色的、不凋的树木，那与时令不符，显得很不和谐，该枯时枯，该荣时荣，总能带给世界一些变化，不至于让人烦闷。

一条河流映入眼帘，在阳光下如一眼镜。崖边是杂草，河中也有汀草。到这时我才悟出我为什么喜欢那种黄色，那是祖先留给我们的印记。远处出现了一片松树，我刚说不喜欢，它就来了，一年到头就穿着那么一身的绿装，不像其他树一样从发芽时的紫红色，到长出鹅黄的叶子，到茂盛时的浓绿，再到秋时的黄或红，最后脱去了铅华，去繁而就简，总可以让人喜欢。随遇而安，随时而变，也是万物之性情。

一个村庄过来了，红砖红瓦，房顶上的老槐树和老梧桐的干枯的树枝在动。村前是一个草垛一个草垛的星罗棋布，再向前是一大片白杨树林，密密麻麻的，林中蕴含着烟岚似的，如村子里的炊烟藏在林中。

我已经离开一个城市很久了，总希望离开得越远越好，但一个城市的痕迹还没有完全消失，另一个城市的影子已经到来了。

高压线塔架林立着，电线横斜在天空。

许多小房子横七竖八地堆在土地上。

天地无空，无宁静，自然消失，人流杂乱。

总是遗憾而又遗憾。太阳也升高了，太高了也失去了刚爬起来的那种感觉，太阳太高也使我遗憾，像抛不掉城市的影子一样的心情。或许黄昏时那种愉悦又会归来。那是回家的感觉。也不是那种寻找自然、看万物寂静的感觉。

有一位作家说给你一匹马，而她的马永远属于自己，在梦里，在心里，在意志里，在情绪中，那需要用情绪作饲料。而我也有一匹马。这匹马总是在我心里、梦里，在那漫无天际的自然牧场里，在荒原里，在这个可以看树枝的季节里。

蜡梅花开

蜡梅花，并不是人人都见到过，也不是人人都认识。但蜡梅花的名字是人人皆知的。她的品质是人人皆知的。但且不说蜡梅花，只蜡梅花的名字就确有美学之意。

“梅”本身是美的，人们可以想象，曾有诗云：“墙角数枝梅，凌寒独自开。遥知不是雪，为有暗香来。”也曾有词云：“已是悬崖百丈冰，犹有花枝俏。俏也不争春，只把春来报，待到山花烂漫时，她在丛中笑。”多美好的意境，那都是对“梅”的咏叹。

梅中又有很多种梅，像“蜡梅”，在梅的前面加上一个“蜡”字，更增添了梅的唯美之意，恰如其分。

早春的二月，寒冬已去，但春寒还在。这余寒也毫不示弱，飞雪的天气好像是无望的，可是有些事情往往会不期而遇。早上醒来就听见窗外有铲雪的声音，起床后拉开窗帘，果然，外面是一个童话般的世界。天空中还飘着零星的雪花。白皑皑的雪覆盖着草坪、覆盖着阡陌，也附着在树枝上。也许这是最后一场雪了，和初雪的到来一样的珍贵。

我穿上外衣走去了室外，走在被雪掩埋的小路上，两边的树已是一身银装素裹。不经意间雪地里的一棵梅树引起了我的注意，我惊喜地走近关注着枝丫上开满的黄梅花。她还刚刚开放，像一个金杯似的带着光泽与雪同辉。我不禁敬重起这朵小小的鲜花，开在凛冽的寒风中，赤裸裸地展现在光秃秃的枝头上，赤裸裸地掩映在雪地里。哦，这就是蜡梅花。

先人一着早绽放，不与群芳争春光。

淡定自然心如素，雪中有颜带金香。

天上仍然飘着雪花，零星的，虽没有太阳但天空是明朗的，或许是雪的光亮，也有这花朵的光泽。我闲情地走在雪地里，看到一朵两朵三朵蜡梅花。我放慢了脚步，我驻足欣赏这些花的精灵。她们在雪地里显得格外的鲜、格外的美，她没有被雪所掩盖，是否因为她是用蜡做出的，根本遮不住雪呢?

据记载，因为看上去很像用蜡做成的一样，故称蜡梅花，此花又偏偏在腊月里开放，故人们逐步演称其为“腊”梅花。好美的名字，“蜡梅”很美，“腊梅”也很美，只要跟梅连在一起“腊”也是“蜡”，“蜡”也是“腊”，只要一提起蜡梅花，人们都会想到“腊”与“蜡”。在我国古代，有通假之字，“腊”与“蜡”虽然不是通假字，但用在梅花上，我想是可以用以通假的吧。

蜡梅花，富有香气，花被多数呈花瓣状、多层覆瓦状排列，内层花被形小，中层花被较大，外层多数呈细鳞片。蜡梅的品种大概可以分为荷花梅、虎蹄梅、檀香梅、金钟梅、九英梅等几种。了解了梅的品种和品质，才理解了陆游曾写的诗句“一树梅花一放翁。”

花如人一样有高矮、有胖瘦，也有品质，但人有时却不如一朵娇艳的花朵。蜡梅花是绽放在寒风中的，长期的御寒而笑绽的。试想，人若在这样的温度里长期地立着，是否可以笑迎寒风冷雪的来访？只那一个字“寒”也是不能抵御的。试想，有多少的人遇到挫折时，会灰心，会抑郁，会垂头，会丧气，甚至生活不如意，为一句话、为一段恋情、为拌过嘴、为吵了一架，而走上不归之路。更有甚者，为升官加爵而烦恼，在原来本已很高的位置上，自认为应该晋升而原地不动者，气忧而郁，动火伤肝，得病而不治，而走上不归之路。还有更甚者，进了位加了爵但自己认为不理想，而痛哭流涕、茶饭不思，而走上了不归之路。想一想蜡梅花吧，她永远含笑于雪花冷风之中，享受着寂寞，或许永远也不会有人去欣赏，听不到人们的赞美，只是在那人迹罕至的地方笑傲严寒，从不会因花开得鲜艳却无人观之而忧伤自怜，从不去奢想会被人们或上帝移之大庭广众之下，去听游人的赞美之声。如若真是如此，那就是她之大不幸也。综观历史上的民族英雄，那些革命者们，为了信仰而昂首阔步走向刑场。“头可断，血可流”的那些英雄是可以与蜡梅花的精神相比拟的。他们的英灵寂寞在松树下，守护着那片土地。他们抛下了一切，只为一种信念。当革命的春天未来时，革命的冬天《零下三十八度》[1] 时，他们当先绽放出生命的光彩，正如这蜡梅花的光彩，送来了春天的消息，送来了胜利的曙光。当她们开放时，光彩照人，当她们融入泥土，“落红不是无情物，化作春泥更护花”，会使春天里的花朵开放得更美、更鲜艳。年定邦、常青、孙晓升、牛金、陈大根、账本等，他们才是真正的人中蜡梅花，在他们身上都有着蜡梅花的精神和品格。

我为蜡梅花和英雄们献上一首诗：

一枝敢向寒中出，唤醒万枝为春红。
不爱红装爱武装，金色铠甲映雪光。
雪融去，花未残，犹若巾帼征战还。
等到寒消春归日，解甲卸装归田原。

① 《零下三十八度》讲述了20世纪40年代以东北三省为背景，在伪满洲国日本人统治下的地下斗争。

落去碾作尘与土，留取梅枝绿叶繁。
莫想念，欲想见，雪花飘落是来年。

打开古诗词书，关于咏蜡梅花的诗词目不暇接。唐朝，罗隐《人日新安道中见梅花》：“长途酒醒腊春寒，嫩蕊香英扑马鞍。不上寿阳公主面，怜君开得却无端。”李德裕《忆平泉杂咏·忆寒梅》：“寒塘数树梅，常近腊前开。雪映缘岩竹，香侵泛水苔。遥思清景暮，还有野禽来。谁是攀枝客，兹辰醉始回。”

宋朝，黄庭坚《从张仲谋乞蜡梅》：“闻君寺后野梅发，香蜜染成宫样黄。不拟折来遮老眼，欲知春色到池塘。”郑刚中《腊梅》：“缟衣仙子变新装，浅染春前一样黄。不肯皎然争腊雪，只将孤艳付幽香。”王洋《郑顾道惠腊梅二首》的一首：“一种佳名两字猜，蜜脾融液腊中开。雪花不敢迷真色，风格都缘不是梅。”王梅溪《蜡梅诗》：“非蜡复非梅，梅将蜡染腮。游蜂见还讶，疑自蜜中来。”潘良贵《蜡梅三绝》古诗词里：“孤芳移种自仙家，故着轻黄映日华。举世但知梅蕊白，不知还有蜡梅花。”《蜡梅·旦评人物尚雌黄》中：“旦评人物尚雌黄，草木何妨定短长。试问清芳谁第一，蜡梅花冠百花香。”《蜡梅·枝头疏蕊吐檀心》中：“枝头疏蕊吐檀心，借日娇黄色浅深。却倩红梅来作伴，要看明玉间良金。”朱晦庵集

《蜡梅》:“风雪催残蜡，南枝一夜空，谁知芳草里，却有暗香同。姿莹轻黄外，芳腾浅绛中。不遭岑寂侣，何以媚芳丛。”

元朝，耶律楚材《蜡梅》:“越岭仙姿迥异常，洞庭春染六铢裳。枝横碧玉天然瘦，蕾破黄金分外香。反笑素英浑淡抹，却嫌红艳太浓妆。临风浥此蔷薇露，醉墨淋漓寄渺茫。”

清朝，刘灏《广群芳谱》:“小窗静昼胆瓶古，长廊微雪珠帘垂。一枝几案谁所置，便觉春意生睫眉。”

读了这些关于蜡梅花的诗词，有何感想呢？尤其是在雪花飞舞的苍穹下，地下是白色的雪，雪地里开着黄色的蜡梅花。我想：无论什么植物、动物还是人，有高尚的品质或美好的意境，总是会被记住、歌颂、传承的。

鲁迅

鲁迅是一位武艺高强的英雄。

当鲁迅的影响日渐大时，就成了众矢之的。许多的明枪暗箭一起向他射来，虽然不曾被射中，但是防御已使其精疲力尽。所以鲁迅发出感叹：一个人改变不了社会。不仅如此，要说一句真话也要受到惩罚。中华民族的痼疾不是一般的手术刀可以切除的，必须拿起大刀长矛方可以除之。所以他把希望寄托给了革命党人。辛亥革命的到来，确使得鲁迅先生为之兴奋。但是辛亥革命的不彻底性，也使他对资产阶级革命产生了迷茫，开始成为新文化运动的积极推动者。

鲁迅是一位冲锋陷阵的战士。

鲁迅的画像：冷对的横眉，冲冠的怒发，微微向上翘起的胡须，带着棱角的消瘦的面庞。一看就知道这人是个硬骨头。再加上他手里握着的那支如锐利武器的笔，确可使那些旧习、旧事、旧社会的卫道士们闻风丧胆。

在鲁迅诞生以前的数十年间，中国的大势正处在一个空前的巨变时期。以1840年中英鸦片战争为起点，最初的“欧罗巴”之旗开始飘扬于中国的万里长城之上，随着帝国主义的炮舰、商品而来的资本主义，捣毁了中国原有的封建经济结构，使之转化为半封建半殖民地的社会。当时的清朝政府在这种外来压力下，最初表示拒绝、反抗，但不久即屈服、投降，甚至靠外国资本主义支持其无耻的统治。这样中国人民在旧的统治和新的民族敌人的双重压迫之下，逐渐坠入苦难的深渊。而自1864年太平天国革命运动失败以后，这个痛苦的程度就更加严重了。鲁迅就出生在这样的时代，其时，上去鸦片战争41年，据太平天国革命失败17年。

鲁迅诞生时，他的祖父正在北京做官。长孙诞生的喜讯传来，恰有一个姓张的人来访，此人就是张之洞。所以他便给这个新生儿取乳名为“张”，学名为“樟寿”，字“豫山”。后来家中觉得“豫山”和“雨伞”的读音相近，便改为“豫才”。鲁迅还不满一岁时，父亲怕他养不大，便领他到附近的塔子桥旁的长庆寺去，拜了一个和尚为师。和尚给他取了一个法号叫长庚，以避妖魔鬼怪的耳目。于是鲁迅便完成了名字的系统，从中国玄学的角度，这一名字体系吉祥如意、苍天护佑。这样鲁迅就被完好地保护了起来。这也许是后来鲁迅不被暗杀的护身符。但是，鲁迅一向是有反抗精神的，一切的名字统统不要，自己起了一个名字叫鲁迅。

鲁迅从小就读着《鉴略》“粤自盘古，生于太荒，首出御世，肇开混茫”，然而一个字都读不懂，枯燥无味。而《山海经》则是鲁迅最为渴慕而又心爱的书籍。在那里面有许多的人面兽、九头的蛇、三脚的鸟、长着翅膀的人。这仿佛可以满足鲁迅孩童时爱幻想的天性。但是，那些规矩的私塾令人乏味，所以鲁迅 11 岁时，便常与母亲一起去安桥村外祖母家里。在那里他第一次接近秀丽的乡村风物，并结识了双喜、阿发、栓生及闰土等同龄的少年。鲁迅在安桥村得到了快乐，也知道了许多的新鲜事，如海边的美丽的贝壳，生着脚的似青蛙一样的鱼，以及闰土告诉他的一些有趣的危险故事。这使得鲁迅的见识远远地超出了“只看见院子里高墙上的四角的天空”。所以鲁迅曾写《从百草园到三味书屋》，那长满了杂草的荒芜的院子变成了鲁迅的乐园。但是最终又被那严厉的私塾夺去了自由。这私塾，鲁迅美其名曰：三味书屋。

在鲁迅 13 岁的时候，家里发生重大的变故，祖父周介孚因事下狱，父亲周伯宜又犯重病。在鲁迅 15 岁时，父亲因病去世。这一些的变故，使得鲁迅家几乎花光了所有家当。于是，鲁迅兄弟几人不得不去皇甫庄的外婆家避难。此时，周围的人都变了脸。在皇甫庄，大舅父家的人竟称鲁迅他们是“乞食者”。这深深地伤了鲁迅幼小的心灵。

贫穷的磨难，世态的炎凉，中医的欺骗，使得鲁迅对一切古旧的传统的东西都产生了反感甚至怀疑。他萌发了对未来的憧憬，决心要突破围绕着他的这个腐朽而没落的环境，踢开那些士大夫们的生活轨迹，而走向另一个新的世界。于是鲁迅到了南京学习洋务了，这便好像被封建社会放逐了出来，时为光绪二十四年，也就是 1898 年 3 月。鲁迅到了南京方才发现“海内缤纷，争言西学”。虽然多数人都抱着“中学为体，西学为用”的思想，但毕竟也要学“西学”。就在光绪朝末，便是三四十岁的中年人，也要看“学算笔谈”和“化学鉴原”，还学习英文和日文，卷着舌头怪声怪气地朗诵着。之所以这样就是要给中国图富强。鲁迅就在这谈变法、谈西学的空气当中，进入了江南水师学堂。这期间发生了历史上著名的戊戌变法，但是最终失败。于是一个政治阴谋展开了，西太后复政，德宗被囚禁，康梁逃走，六君子被杀。所谓的新政仅经历了一百天便夭折了。

鲁迅感到维新无望，未来并不光明，于是就决定到国外去了。1902 年 4 月到了异国他乡的日本，入东京宏文学院补习日语。鲁迅感受到了故国的飘零、异邦的繁荣，于是便很自然地接受了民族主义思想，并积极参加反清爱国运动，在《自题小像》的诗中写下了“我以我血溅轩辕”的诗句，其实是鲁迅反帝反封建制度的誓言，发表于《浙江潮》杂志上。1904 年转入仙台医学专科学校，其间鲁迅深感长期封建统治下的国民精神的麻木，于是他开始寻求改变的方法。他志愿学医，想通过科学入手，改变中国。日本学习期间，鲁迅修了细菌学。细菌的形状，全用电影来显示。课间便放一些时事的影片。那时正当日俄战争，放映的都是一些日本怎样战胜俄国的片子。其中有一个片子上出现了一个中国人，因为给俄国人做侦探，被日本人绑去斩首，而周边有许多的中国人围观。鲁迅写了一句话“一样是强壮的体格，而显出麻木的神情”“从那以后，我便觉得学医并非一件要紧事，凡是愚弱的国民，即使体格如何的健全，如何茁壮，也只能做毫无意义的示众的材料和看客，病死多少是不必以为不幸的。我们的第一要著，是要改变他们的精神，而善于改变精神的是，我那时以为当然要推文艺，于是想提倡文艺运动了”。这便使鲁迅动摇了学医的志愿，决计要从事文艺。因为手术刀只能解决身体上的痛苦，而不能解决精神上的麻木。于是 1906 年鲁迅到了东京开始文学活动，从此便以文艺不断地对国民劣根性加以研究、解剖、攻击、肃清。

鲁迅是一位文学艺术的巨匠。

鲁迅从事文艺以后，特别地强调个性解放。希望人们从封建意识的麻醉里觉醒，从愚昧、迷信、麻木、自私的状态中醒悟过来。因此这个时候的鲁迅，在思想文化运动上的实践便是用文艺来争取个性的解放。但当时的中国是“群生辍响，荣华收光”，他又不得不“别求新声于异邦”，于是便介绍了西方的一些诗人、政治家、艺术家的名言、思想、论断，想用他们的声音，来号召人们打破麻痹，但是最后还是深深地感到中国的萧条和零落。鲁迅曾经一度沉浸在外国文学的研究中，尤其偏重于斯拉夫系统和被压迫民族的文学。他用心寻求的是俄国的果戈里、安特列夫，还有波兰的显克微支，捷克的纳卢陀，芬兰的丕佛林多，荷兰的望·霭覃等人的作品。他们的风格各异，有的阴冷，有的郁悒，有的轻妙，有的幽默，有的阴暗，都曾给鲁迅带来很大的影响。鲁迅把一些自认为可影响中国的作品介绍到国内，同时在国外撰写了大量针砭时弊的文章。

1909 年鲁迅从日本回国。

现实使得鲁迅不想再说下去了。因为旧的力量依旧如此强大，而青少年却又如此的幼稚和鲁莽，鲁迅不仅有点不知所措，而且更加感到革命的希望渺茫。中华民国临时政府成立于 1912 年 1 月 1 日，鲁迅应教育总长蔡元培的邀请回国来南京任职。民国三年（1914 年），袁世凯至天坛，模仿封建帝王登坛祭天，并炮制了《修正大总统选举法》，鲁迅对革命的向往和希望完全破灭。这时的鲁迅开始研究佛经，但不过他本是信仰科学的人，为什么开始研究佛经？许寿裳在《亡友鲁迅印象记》中写了这样一段话：

"佛教与孔教一样，都已经死亡，永不会复活了。"所以别人看佛经是消极地看，而鲁迅却不然，始终能积极地去读。对佛经的积极正说明对前景的失望和对现实的消极。面对反动军阀大肆屠杀革命党人和进步人士，鲁迅这样写道："这半年我又看见了许多血和许多泪，然而我只有杂感而已。泪揩干了，血消了，屠伯们逍遥复逍遥，用钢刀的，用软刀的。而我只有'杂感'而已，连'杂感'也被'放进应该去的地方'时，我于是只有'而已'而已。"

1918年5月鲁迅首次以鲁迅的名义，发表中国现代文学史上第一篇白话小说《狂人日记》，痛斥和揭露了现实社会在仁义道德的掩盖下"吃人"的本质，体现了鲁迅对社会的不满、愤怒、焦虑。同时鲁迅也想唤醒民众，发出了"救救孩子"的呐喊，孩子是未来，也就是充满了对未来的忧虑。《狂人日记》是彻底反对封建制度的第一声春雷。1918~1922年，鲁迅写了许多的文章，正值五四运动的高潮时期，大多是为新文化运动助阵扬威的文章，并编成一本集子叫《呐喊》。这时的鲁迅虽然对社会失去了信心，但是新文化运动又换回了鲁迅对未来的一些希望和热情。五四运动后，新文化运动阵营开始分化，这一时期鲁迅写了许多对旧社会声援的文章，还编成了又一本集子《彷徨》。

鲁迅1920年8月被聘为北京大学、北京高等师范学校文科讲师。1927年年初到广州中山大学任文学系主任兼教务主任。1927年8月到厦门大学任教授。同年10月抵达上海，从此定居上海专事写作。其间，鲁迅愤慨、叹息、无奈，写下了《而已集》。

1930年，中国左翼作家联盟成立，他是发起人之一，也是主要领导人。1935年，鲁迅居住在上海闸北四川路帝国主义越界筑路区域，即“半租界”，收集了1934年所作的杂文，命名为《且介亭杂文》。“且介”是取了“租界”两个字的各一半而成，喻意是中国主权只剩下了一半。以此表达强烈的民族自尊心和对侵略者的憎恨。

鲁迅的努力起了很大的作用，唤醒了愚昧的众生，影响了几代人。中国文坛曾经出现许多的硬骨头。

鲁迅没有看到曙光，而于1936年因积劳而成疾，患肺癌去世。一代文坛巨星陨落。

麻雀

麻雀，名字是怎么由来的，我想一定会有史典记载。但我有一种感觉，因为麻雀是鸟类中很小的一种鸟儿，同时也是最多最普通的鸟儿，并且它们的出现都是成群结队、列如桑麻，故而名曰：麻雀。

小的时候，老人们都称之为鷐（chén）子。它们总是忽的一片落下，忽的一片又飞起，叽叽喳喳地飘忽不定。这与它们聪明机警的天性有关。农村里种稻、种黍、种高粱、种谷子等小颗粒的粮食，都是它们的食物。尤其是近乎成熟期，人们日日看守，不让这些麻雀们侵略。如果放开了可能只会给人们留下秳衣。所以人们就天天看鷐子，并在地里扎上稻草人，给稻草人穿上红衣服，高高地立在地里，风儿吹来左摇右摆，以驱麻雀。但那些麻雀们仍然会来袭击。它们埋伏在周边的树上，伺机飞下，又迅速飞去，与人们斗智斗勇。如果你在一旁静观，那也是非常精彩的一场戏。

收获以后，在家里晒粮食时，也会有这样相似的一幕。我家晒谷子时，奶奶一进屋，它们就来袭。当奶奶再出来，还没迈出门槛时，它们就飞起来，急忙飞扑的翅膀，发出急促的声音。奶奶就举起手来喊：“你们这些死鷱子，我打死你们。”它们仿佛并不在意，落到周围的树枝上，隐藏在树叶间，叽叽喳喳。

麻雀不但有主动进攻的侵略意识，同时还有很强的防守意识。在麻雀居住集中的地方，当有入侵鸟类时它们会表现得非常团结，直至将入侵者赶跑。麻雀有时往往会表现得非常勇敢，俄国作家屠格涅夫曾在他的短篇小说《麻雀》中记载过一只麻雀为保护不慎坠地的幼鸟以其弱小的身体面对一只大狗而不退缩的感人场面：

我打猎归来，沿着花园的林荫路走着。狗跑在我前边。

突然，狗放慢脚步，蹑足潜行，好像嗅到了前边有什么野物。

我顺着林荫路望去，看见了一只嘴边还带黄色、头上生着柔毛的小麻雀。风猛烈地吹打着林荫路上的白桦树，麻雀从巢里跌落下来，呆呆地伏在地上，孤立无援地张开两只羽毛还未丰满的小翅膀。

我的狗慢慢向它靠近。忽然，从附近一棵树上飞下一只黑胸脯的老麻雀，像一颗石子似的落到狗的跟前。老麻雀全身倒竖着羽毛，惊恐万状，发出绝望、凄惨的叫声，接着向露出牙齿、大张着的狗嘴扑去。

老麻雀是猛扑下来救护幼雀的。它用身体掩护着自己的幼儿……但它整个小小的身体因恐怖而战栗着，它小小的声音也变得粗暴嘶哑，它在牺牲自己！

在它看来，狗该是多么庞大的怪物啊！然而，它还是不能站在自己高高的、安全的树枝上……一种比它的理智更强烈的力量，使它从那儿扑下身来。

我的狗站住了，向后退了退……看来，它也感到了这种力量。

我赶紧唤住惊慌失措的狗，然后我怀着崇敬的心情，走开了。

是啊，请不要见笑。我崇敬那只小小的、英勇的鸟儿，我崇敬它那种爱的冲动和力量。

爱，我想，比死和死的恐惧更强大。只有依靠它，依靠这种爱，生命才能维持下去，发展下去。

有一段时间麻雀被称为“四害”，在被打之列。那一段也是麻雀的灾难。但这些小家伙们并没有深切体会到人类把它们当作敌人，它们仿佛把人类作为游戏的伙伴。它们乐观地生活，不那么有城府，有时叽喳不停。人们摸雀、打雀、捕雀，但都没有让它们灭绝。人类也感到饶幸。其实麻雀也是人类的朋友，如果没有麻雀，那整个世界都是死寂的，既听不到雀的鸣啼，也看不到雀的舞姿。你可以忆起夏日里浓荫中看不到鸟儿但能听到鸟鸣，冬日里枯枝上鸟儿的舞蹈和身影，是多么地使人愉快。有时在你走路的时候，忽然惊起一群麻雀，那又是怎样的惊喜。

我是喜欢麻雀的，小的时候不知道如何去爱麻雀。常常是用竹条编一个鸟笼子，把捕到的麻雀放到里面，走到哪里就提到哪里。雀儿在里面急得直蹦直跳，自己觉得很好玩。麻雀有较强的记忆力，这和其他许多小型雀不同，如得到人救助的麻雀会对救助过它的人表现出一种亲近，而且会持续很长的时间。记得小时候从檐下摸出的雏鸟，还没有长出羽毛，甚至还不会走，就放在竹笼中养着，弄点棉花团铺在底下，精心养护。直到它会飞，把它放出笼子，纵飞到高处，又把它唤回，落在手上或肩上，那是一大功绩、一大收获。当地人都把它叫作“熟份”。但有时也会伤害它们，用弹弓把它们打下来，用网把它们网住等。无论如何，麻雀给我带来了欢乐，使我的童年成为愉快的童年、值得回忆的童年。

“麻雀虽小，五脏俱全。”麻雀也是生命，是人类的朋友。人类应该保护好麻雀，它们是快乐的，人类就不是寂寞的。

玫瑰

一提起玫瑰，人们或许会想起充满生机的青春，或许会想起浪漫的爱情，或许会想起鲜艳的朝阳和那一抹红色的夕阳。在希腊神话中，玫瑰既是美神的化身，又融进了爱神的鲜血，她集美与爱于一身。古罗马民族也是用玫瑰象征他们的爱神的。在世界上，众所周知，玫瑰是用来表达爱情的通用语言。

英国的历史上曾有过著名的玫瑰战争（1455~1485年），战争双方兰开斯特家族与约克家族各以红、白玫瑰为象征。最后以亨利七世与伊丽莎白联姻而告终。为了纪念这场罗曼蒂克的战争，英国以玫瑰作为国花，并把皇室徽章改为红白玫瑰。而美国经过百年的争论，于1986年9月23日国会众议院通过将“玫瑰”作为国花。

美国人认为玫瑰：红色象征爱、爱情和勇气，淡粉色传递赞同或赞美的信息，粉色代表优雅和高贵的风度，深粉色表示感谢，白色象征纯洁，黄色象征喜庆和快乐。

保加利亚是誉满天下的“玫瑰之国”。每年六月初的第一个星期日为传统民族节日“玫瑰节”。这一天人们蜂拥而至玫瑰谷举行盛大的庆祝活动。保加利亚人认为绚丽、芬芳、雅洁的玫瑰象征着人们的勤劳、智慧和酷爱大自然的精神。

玫瑰遍身芒刺是英勇不屈与坚韧不拔的化身。在花的国度里，玫瑰可是相当幸运的了。她不仅是爱情的象征，也是和平、友谊、勇气和献身精神的象征。深受人们的喜爱。

玫瑰正如人们所说的“花要半开”，总是羞答答地开，开而不放，像一个羞涩的少女。

玫瑰花开在长满长刺的木枝上，当你采摘玫瑰花的时候，可要小心那尖锐的坚挺的长刺。有时手会被刺痛，有时还会流血，流出的血是红色的，那与红色玫瑰的颜色惊人的相似。我常想，玫瑰的颜色是否原来就是白色呢？长期以来被人们青睐的洁白无瑕的素色花朵，每次都会刺破采花者的手，被流出的血液所染红。染得轻的为粉色，染的重者就成了红色的了呢？包括玫瑰花的梗也是红色的，那是饱蘸着爱花者的心血吧。

爱玫瑰的人们可能都曾经被玫瑰刺伤过，都曾经流过殷红的血。玫瑰花的美那是不容置疑的，像一杯酒一样，可使人沉醉。而花下的杆梗，更让人感到一种刚劲不屈的力量，也如铮铮铁骨一样，有一种不规整而又有规律的曲折之度。上面的针刺坚硬地抓在主体上，时刻保持着机警的锋利，随时捍卫着那朵玫瑰花，捍卫着自己的生命。还有那几片绿色的叶子，精致地长在玫瑰杆梗上，为玫瑰增添几分美丽。整枝玫瑰，你一定感到她是那么的完美。

世上还有什么花朵可以与玫瑰花相媲美呢?

牡丹花是美丽的，雍容华贵，国色天香，也受到世人的高度赞美。但它没有铮铮的铁骨与傲人的针刺，也没有玫瑰花的羞涩。牡丹花会毫无顾忌的绽开，落落而大方。我爱之，但比之玫瑰而犹不及。

梅花是美丽的，一枝花向寒中开，凌寒傲骨，并有诗赞曰：梅花香自苦寒来。梅花的精神受到世人的推崇，但梅花仍然没有玫瑰花的羞涩，当其含苞待放之时是充满美和力量的，但它总是矜持不够、不够沉着，总是大放枝头、心扉展放，毫无保留地出示予人，没有神秘之感。我爱之，但比之玫瑰还有不及。

所有的花朵都是美丽的。但却能找到不足之处，虽然瑕不掩瑜，但是毕竟有瑕。玫瑰花是不曾有瑕疵的。我长期关注仍不曾发现一点不如意的地方，她总是那样完美地展示着她的完美。当人们手捧玫瑰的时候，总是小心翼翼的，那是玫瑰本身的魅力，那是人们对玫瑰的崇尚。

玫瑰花也会给人们以馈赠，可唤起人们的热情，可表达人们的爱情。我读过林徽因的译著，其中有一篇文章是

《夜莺与玫瑰》，得到一枝玫瑰是多么的不易，玫瑰是多么的珍贵，一枝玫瑰是由夜莺的生命换取的。红色的玫瑰，是由夜莺的血浇育的。读过这篇文章我才发现我对红色玫瑰之想象是有道理的。但我也从这篇文章中得知玫瑰代表爱情，但并不能换取爱情，是爱情的象征，但不是爱情。得到玫瑰不等于得到爱情，但得玫瑰者亦值得赞许。

俗语有云："玫瑰予佳人"，又云："予人玫瑰，手有余香。"玫瑰已经是一种文化、一种精神、一种高尚的品德。

玫瑰的浪漫

这一天的颜色都是玫瑰色的，不仅是朝阳初升的时刻，也不仅是夕阳西下的时候，而是整个白天和黑夜都充满着浪漫的玫瑰色。

一条古街道略有弯曲，通向了一个同样很有传统色彩的广场。广场的周围也充满着玫瑰色。广场上的人并不多，只有一排约五到六个人。互相牵着手，仿佛在盼望着什么。

一位帅气的小伙子兴高采烈地从古街道上走来，来到了广场。他身穿一套青色的西服，衬衣是一个方格化的，虽然没有系领带，但是衣领却很“硬挺”。他径直地向广场上的那一排人走去。其中有一位身穿玫瑰色连衣裙的女孩，她微笑着。当小伙走近她时，几乎同时，两人伸出手来，两个人手拉着手，向古街的方向走去。所有的人都很高兴地拉着手跟着走，小伙子把另一只手也搭在女孩的手上，抚爱着，心满意足地微笑着点点头，走向那条古街道。

两位年轻人就用这样的一种方式向世人宣布了两个人的爱情。

在古街道深处较宽的地方有一处房子。便是二人居住的新房。

有几个人站在那里闲话，他们也都投来了祝福的目光。其中，一位年轻人冲过来向两位新人道贺："方明和晓露，恭喜你们俩啊！"并递上一束玫瑰花。两位年轻人一边与之寒暄，一边相互拥着走上了楼梯。但热闹并没有结束，来祝贺道喜的人络绎不绝。

在这条古街上，两边建造着一些古色古香、青砖黛瓦的房屋，各具特色、错落相依，有的精致小巧，有的简约大方。门廊有的前进，有的后退，但都肩背相连，完美舒适，体现着古文化的风水文明。从古街到广场，就像观看一幅长轴，徐徐展开，引人入胜。这里是方明和晓露常常来散步的地方。

古街道上建有许多小胡同，这些小胡同无不令人驻足欣赏。就是那些只是石头墙的胡同，也透着一种传统人文的味道。路上的石板无规则地平铺着，向前延伸，光亮得像一面镜子，仿佛不小心就会让人滑倒似的。石径两侧的墙也是石头的，毫无规则可言，但人们却饶有兴趣。院子也大多是用石板垒砌的，偶在墙角或墙边露出土来。院子里栽着几棵树，种着几株花，摆着几块奇石，但并未让人感到荒凉，反而有一种私密、一种安静、一种诗境袭人而来。方明和晓露常常在这里高谈阔论。

这里居住的人们无不自豪，有的已打造成客栈，住一个晚上要花上百来块钱。那些广场的周边也是古老的房屋，广场是当地人举行重大活动的地方。

这里是一个古村落。曾有过许多的名人，什么大银行家、什么大文学家、什么进士、什么探花，还有状元郎的父母。也有些小商铺，是一处闲逛的好地方。买上一个烧饼或一盒梨膏，一边吃一边漫步，都可以旁若无人。就是年轻人在这里过分亲昵也无人侧目，你可以尽情地我行我素。所以，也是方明和晓露常在这里的原因。他们俩常常挽着手，窃窃私语，仿佛探讨着什么理想和现实的问题，谈论着信念和前途。

这个村子也和这对青年人一样忙碌了一天，玫瑰色的黄昏成了他们的救赎。炊烟在这玫瑰色的黄昏里倒有些神圣、神秘的色彩，渐渐地，夕阳把光线收走了，夜幕降临。每家每户的窗户也亮了起来，灯的光也带着浓厚的玫瑰色，使整个古村落嵌上了一种玫瑰般的色彩。沉静的古村落，沉静的人们，沉静的时刻又一次到来。

顺着那条古街，可回到两位新人的住处。灯光从窗口透出，一种浸漫着的玫瑰色辉映着周边夜色中的灰色的建筑物。那么美丽，那么柔和，那么和谐。就在这样一种祥和的氛围中，人们逐渐进入了梦乡。夜幕也完全淹没了这座古村落。

古街上那几个打着瞌睡的灯，散发出玫瑰色的柔和的光，借此还能看到这个村落大概的轮廓。

第二天玫瑰色光芒同样洒落在这个古村落里。但在青年人的住处，又是那些人在三三两两地议论着什么。说这对年轻人外出旅游了，也有人说到外地工作了，也有人说在城里有房子去城里了。

但不论怎么说，这两个青年人并没有给他们答案。

第三天、第四天、第五天……再也没有见到这两位年轻人。

后来，据说这对年轻人去了其他地方。

梦游铁力士山

一个非常奇特的梦，梦中游览了铁力士山，像现实一样。依稀可以忆起梦中的情节。我努力地回忆着，尽量不遗漏任何一个细节。

驱车沿着一条路奔驰。路两边的景色时常令人激动、赞叹。连绵的山丘，碧绿的潭水，静谧的树木，还有那飘着白云的蓝色天空等自然的东西和一小簇一小簇的人们住的房子融合在一起，小的动物、小的鸟儿也活泼其中，构成了大自然美丽的环境。

坐在车上疾驰，向那一座高山进发，从西向东迎着明媚的朝阳。天地之间山丘在起伏，并渐渐地变得高大。公路也趋于山麓，沿着山脚而行。山上的植被也看得越来越清楚。青青的草坪从山坡的高处慢慢地铺来，直到车轮下的柏油马路边。山上的树木也绿得特别，很像刚刚下过一场小雨似的。温润的空气中飘浮着若干的水分。山脚下的居宅被大山映衬得小如玩具，一切都那么美好，没有半点的尘埃侵入你的视野。眼神在这梦中的原野上游弋。

路随山而起伏，随河而蜿蜒。不断地攀升的山，终于把一边的天挡在另一面。一条河流出现在公路旁，水流逐渐增大，直到最高峰的山下，水势变得很大，滚滚地向下游流淌着。空气中的湿度变得越来越大，已形成了雨，下了车不得已打上了一把伞。

车子在一处并不是很高的房屋前的广场上停了下来。广场在山与河之间。河边有几棵参天大树，盘绕的树根一部分露出土地，旁边有几块自由的石头。河外有几幢别墅，使这自然的山的空间又点缀了几处人文的痕迹。一幅西方油画般的图案就这样布局着。那种空旷的、美好的、向往的、崭新的心绪悠然地散发着。心情像脚下的水一样翻腾，情绪像眼前的山一样高涨。

由于山高，人们不得不做好上山的准备。穿上了御寒的棉衣，站在山下仰望山峰，山高入云端。先乘索道，来到海拔一千八百多米的高山，坐在索道车中俯视着山下，一览众山小，高山湖水澄碧，牧场青草离离，山路飘然如带。那亭亭的树木，仿佛要高过山峰，以探看山的另一边的风光。树木一方方一片片，颜色明暗相间。然后换乘空中客车再向上前进。这一段已经没有了植物，灰黄色的山峰矗立着，阳光下折射出巨大的阴影。

空中客车又到站了，这次可是到达了顶峰，但就在这儿，仅设了一个空中驿站，要到达山顶又需换乘吊篮。这使许多人没有想到。人们拥挤着上了吊篮，才知道如此的一个运输工具，必然充满浪漫与挑战。吊篮上半部是明净的环形玻璃，里面没有座位，像装东西一样把人塞了进去。人们都尽量地向边上靠，以便通过玻璃向外观光。吊篮开始运行，向上吊去，并自己转动着，使人们不断转换着角度，望向四野的山峰与山谷，看得非常分明。山色、山势夺人魂魄，突然人们喧哗惊呼着，一座雪峰像天上白云一般飘来，逐渐地清晰，背面镶嵌着太阳的光边。这就是铁力士山。令人激动、兴奋。走出吊篮，踏着厚厚的积雪，长年累月的雪一层一层地积累在这里，使山的高度增加，只看到雪看不到雪层下面的岩峰了，这里完全是雪的世界、寒冷的世界。令人迫不及待地张望。意识中清楚地画了几个问号：这里不是人间？这里不是天堂？这里是哪里？

雪层中开凿出的一条隧道里挤满了人。隧道上下左右都是冰冷的雪，四壁闪着寒光，偶尔有彩灯把冰壁照出彩色来，仍然带着寒光。这真是奇迹，一片一片的雪花怎么积成这样厚的一座山峰。集腋成裘，如此之理。山下那滔滔之水也来自这厚厚的雪峰，这高而厚的雪峰，是几条著名河流的发源地，多瑙河、波河、罗纳河，还有莱茵河。

这是一片瑞雪，是一座神峰，是一座神奇的雪峰。

我们从雪层中出来，踏着积雪，向雪峰顶走去。吊篮把我送到了离雪峰不远的地方。但最高的雪峰还要用双脚攀上去。雪峰四周就是悬崖峭壁，雪峰上有栏杆，以防人们滑落。但是游人还是在这片雪峰上肆意地滚爬，有的孩子从峰上沿雪道一直滚到平坦处，红红的脸上沾着雪粒。这里是孩子们的天堂，也是大人们的天堂。但大人的表现形式是放眼天外，是另外一种意义的天堂。

终于来到了峰顶，站在白皑皑的雪峰之上远望四周雪峰如刃，在蓝天下威武起舞，无限壮观，仿佛来到了世界的屋脊。就在这座山下有好几个国家，西起有法国、瑞士、德国、意大利和奥地利。我为之大悦。我做了一个神奇的梦，梦见一座神奇的山，并且来到了这座山的山顶。

梦醒时分，激动不已。我忙翻阅了关于铁力士山的有关资料：

铁力士山属阿尔卑斯山山脉。阿尔卑斯山是一座位于欧洲的著名山脉，它覆盖了意大利北部边界、法国东南部、瑞士、列支敦士登、奥地利、德国南部及斯洛文尼亚。阿尔卑斯山脉平均海拔 3000 米左右，最高峰勃朗峰海拔 4800 多米。山势雄伟，风景优美，许多高峰终年积雪。晶莹的雪峰、浓密的树林和清澈的山间流水共同组成了阿尔卑斯山脉迷人的风光。

阿尔卑斯山脉是中欧温带大陆性气候和南欧亚热带气候的分界线。山地气候冬凉夏暖。大致每升高 200 米，温度下降 1℃，在海拔 2000 米处年平均气温为 0℃。整个阿尔卑斯山湿度很大。年降水量一般为 1200~2000 毫米。海拔 3000 米左右为最大降水带。边缘地区年降水量和山脉内部年降水量差异很大。海拔 3200 米以上为终年积雪区。阿尔卑斯山区常有焚风出现，引起冰雪迅速融化或雪崩而造成灾害。阿尔卑斯山脉是欧洲许多河流的发源地和分水岭。

铁力士山竟然海拔 3000 多米，并且这座峰就是世界著名的阿尔卑斯山的一座高峰！由于阿尔卑斯山是一座名山，所以能到那座山中观览一游，是快乐的，是幸运的，但是在梦中游览一座名山那就更令人欣喜和福祉无边。李白说："且放白鹿青崖间，须行即骑访名山。"我没有青崖间的白鹿，但我有暗夜中的黑驹，可在梦中去访名山大川里的白峰黑水。白鹿与青崖、黑驹与白峰都是同样的美丽，同样有着李白诗篇中的闲志情怀，同样是浪漫主义的化身。

这座世界著名的山，是以往梦想的，也是自己早就知道的一座山。经常听说登山运动员登上了这座山的山顶。每次听到这座山的名字，每次听到与这座山相关的传说与消息，都如在梦中一样，充满了一种梦幻的神秘。

这座山，仿佛在天涯海角，离我们很遥远，虽有一种强烈的向往，但不可及。今在梦中骑黑驹飘入阿尔卑斯山的铁力士山，然而却更觉这座山的遥远和神秘。

明莫宁君

明莫宁君去了一个大超市。一进门便有许多人向他投来目光，也有人上前与他寒暄，他都仿佛似曾相识，但又叫不上名字，也便装作很熟悉的样子与之寒暄。

这一趟超市，买了几个西红柿、几棵大葱而已，此时已是晚秋，不免有些秋凉，但他却总觉着身上有些汗浸浸的。

明莫宁君回到家中便与家人交谈说："今天上午去超市买菜，碰到许多不认识的熟人。"引起家人的哈哈大笑——"不认识的熟人？"

明莫宁君又说："今天我带着钱去买菜，我又不是去偷，为什么总感觉不自在、出汗。"家人也说："你思想在作怪，认为买菜不是自己应该做的事情。"

一语道破，明莫宁君心悦诚服，认为自己是个"官"，出入超市自觉"不雅"。

"官"这个词是古代封建社会的称谓，在现代社会里已不应该使用，但是现实中却大有市场。有许多的人把自己的职位看作“官”。一旦看作“官”，那么其言行就会发生变化。许多事情的处理不到位，都是官本位的思想做的怪。

社会应该改变一些观念。抛弃官本位，抛弃大男子主义。先不说官本位，只提一下大男子主义吧，男人在酒店里喝酒吃饭、灯红酒绿，仿佛很正常，很有派。而女人们买菜做饭仿佛也很正常，如果女人们喝酒、抽烟仿佛就不大成体统。

明莫宁君感觉不自在就是官本位主义和大男子主义的体现。

但是明莫宁君在超市里看到那么多新鲜的蔬菜和瓜果，五颜六色，也有些开心。看到那么多新鲜的肉类，也看到那么多做熟了的、飘着香味的熟食，当然也有那么多琳琅满目的商品，也有些愉悦。明莫宁君这才发现抛开官本位主义和大男子主义，去逛一逛商店也是一种很快乐的休息方式。许多女士都喜欢逛商店，逛商店是厨房里忙碌疲惫的克星。

后来明莫宁君明白了：在自己的世界里，自己就是一切，而在大千世界里，自己只不过是一粒尘埃而已。但是人一定要有自知之明，不可夜郎自大，把自己看得太重。其实，不管你在哪里并没有什么人或多少人关注。但结果自己却认为自己目标很大，所有的人在注视着我们，自己觉得像明星一样，其实不然，不要认为自己太耀眼。

有一次，明莫宁君在一个高楼上接待客人，吃完饭后，一起上电梯下楼。大家都上来了，只剩下一个人，一看这拥挤的人很多，担心自己上去会超重，于是便说："我上去后会超重，你们先走吧。"这时，其中一个人说："上来吧，不要把自己看得太重。"这样一说那个人不好意思了，也就挤上了电梯，电梯门关上，顺利运行，于是大家都笑了。明莫宁君说："不要把自己看得太重。"

这是一个具体的问题，有些调侃的味道，但却富有哲学道理。从此明莫宁君成为逛商店的常客，再也没有出过汗。

波托马克河水边之闲

今天的天气很热，太阳洒下火辣辣的光，用方言土语来说：太阳很毒或很辣。但空气却那样的清新，跟一块水晶似的透明、闪亮。只要你不在阳光下行走或躲在树荫下，你也会感到一种清爽。同伴们都参观去了，而我却独自留在了车上。这是一辆大巴车，可乘坐三四十人。大巴车拉着我来到一个停车场。停车场就在波托马克河的岸边，周边是一个很大的公园，到处是树和草坪。

我从车子里走出来，看到了假日休闲的人们都坐在树荫下，一团团地、一群群地在谈笑，笑声朗朗如那新鲜的阳光。在那张犹如绿色地毯的大草坪上，人们支起了临时的架子，在上面摆满了各种食品、饮料。扯上了临时的电线，用发电机发电，以驱动电冰箱的制冷和电烧烤炉的发热。这已经是下午近三点，但人们的情绪仍然那么欢悦。我独自来到了波托马克河边，穿过一片草坪。波托马克河的沿岸是用水泥砌齐的，水与岸边几乎是相齐平的，不知岸是坡的还是直的，但给我的印象是峭壁，故在岸上架起了一道铁栏杆，栏杆外边是约一米的人行水泥小路，小路的这边就是大公园的草坪和树木了。在草坪上沿着水泥小路设有许多的木制休闲桌椅，桌椅是相互连接为一体的，几乎都被一个个家庭成员们占用着。但距离停车场最近的一个桌椅却没有人，我走过去，很庆幸地坐下，但上面有食物留下的痕迹，我想那可能是刚刚离开的人留下的，不管如何现在我是坐在了这里。我仔细观察才发现所有的桌椅都在一棵大树下面，阳光被遮蔽了，只透过树叶洒下细碎的光。从波托马克河面上吹来的风带着凉气，使人感到无比的惬意。

我面向波托马克河坐着，距离右边大约有 5 米的一个桌椅有一家五口，爸爸坐在椅子上，妈妈扶着栏杆和一个女孩在嬉笑，而两个男孩子则在树下互相嬉戏。河边的所有椅子上都坐满了人，看上去像一道风景。我不再左顾右盼，表现得那么多心事和好奇，我要享受一下这无尽的风光。

波托马克河是流过马里兰州和华盛顿 D.C 的一条大河，华盛顿市的许多水都是从波托马克河引入的，故人们把波托马克河称为母亲河，河面很宽，迢迢绵长，有许多的弯儿，在华盛顿市拐了一个大弯，像一个U形，一下子使这条母亲河露出了媚姿。也像是一条水晶项链挂在了华盛顿D.C的脖颈前，把华盛顿市装饰得那样柔美。就在这条河边或引入的波托马克河水的水边，有美国许多美丽的景观和有名的建筑，这水、树、草坪及建筑共同形成了这个大公园，名为华盛顿国家广场。这周边有著名的白宫、国会山、华盛顿纪念碑、杰弗逊纪念馆、林肯纪念堂、罗斯福纪念馆、马丁·路德·金石雕像等。每天引来无数的游客，他们来自世界各地，所以在这里你可以看到形形色色的人，不同肤色、不同语言，穿戴各异，可谓五颜六色，不拘一格。这里像一个大市场，无所不有，无奇不有。但这里又很包容，人们互相问候，友好地相助，总是微笑着，让人感到的热情和温暖也像这洒下来的阳光一般。

突然，一阵笑声迎面扑来，我也不由自主地把两脚抬到椅子上，原来波托马克河的水荡上了岸，浸湿了人们的鞋子，打湿了人们的裤脚。我的鞋子里也灌进了许多水。眼前的水面，也像海浪一样，一波一波向岸边扑来，浪大者会扑上岸边，漫于草坪。我索性把打湿的裤脚挽起，脱掉鞋子和袜子，晾在阳光里，赤脚在岸边等待大的波浪袭来，在这里无人笑话你的举动，你可以是自由的，只要别侵害别人或触犯法律。

又一浪袭来，浸漫了我的脚背，我故意地蹚着水，在阳光里。周边的人们也学着我脱下鞋子到岸边戏水，水不仅漫到水泥径上，也流到草坪里，在阳光下闪着光，像一片小小的湿地，我醉心于这环境的美。

放眼望去，河面上的游艇和风帆各自在奔波，快艇留下的白痕如雪如莲，风帆则波澜不惊迎风舒展，华盛顿上空的飞机飞得很低，就像从你眼前掠过，让人感到如此真切，像一个大大的玩具一样憨然飞在河面之上。

最令人叫绝的是那些野鸭，它们在水波中漂着，在岸边的草丛中摇着，在天空中飞着，与这一切事物形成了一幅生动的画面。且不说那些水上漂着的，也不说那些在草中觅食的，只说那些飞起来又落下，落下又飞起来的，着实有趣得令人难以忘怀，它飞起来在空中打着旋，有时在你眼前的空中扑打着翅膀飞舞着，像是在表演给你看似的，很使人喜欢，累了又落在栏杆上歇脚，但仍不忘游人，总是抖动着翅膀引人注目，一会儿又飞上天空在离你几丈远的近处旋转，故意与游人逗乐，乐得人们举起手来给它们以掌声，这时它们会表演得更起劲，经久而不落下。一个姿势面向人们，两只翅膀不停地抖动，仿佛是在与游人面对面地交流似的。人们也不断地给它们喝彩：好，太棒了。

阳光已把我的鞋子和袜子的水分蒸干，我穿好便悠闲地沿着河边渐渐地走近了人工湖。那已是下午五点，但太阳仍然有着强烈的光芒，人工湖边，那一圈的樱花树，茂盛得很，树干弯曲着，枝条如长柳一般与水面相抵，可谓是满城湖色半城樱花。走在水边，樱花树下，你便融进了这个宁静的世界。你要慢慢地走，像吃一块蛋糕一样要慢慢地尝，像喝一杯咖啡一样要慢慢地品，才能知道其中那多味的芬芳。看着眼前这些樱花树，不难想象当樱花开放的时节那种繁华。婆娑的花冠，倒映于水中形成了一个立体樱花的海洋，每年三月至四月美国就在这里举行樱花节，会吸引来自美国甚至世界各地的人们前来观赏。满树的樱花，满镜的樱花，还有那落樱漂在水上，那是多么浪漫的樱花世界啊！

太阳还没有燃尽那炽热的光，月亮则早已把冷光洒下。日月同辉之时我见到了一个大的月亮和一个小的太阳，这与我以前中的印象有关，由于空气万里清澈无尘埃，太阳太毒看不见大小，且也不让人看，太耀眼。如果你执意要看，换来的是半天眼前的黑暗。而那月亮在明净的天上却让人看得分明，故有此结论。路上轰轰的车子连成了串，车灯渐渐地亮了起来，也连成了线，一街两行，一行为白色灯线，一行为红色灯线，阳光渐弱，但赤红得让人心醉，那许多的建筑都倒映在湖水中，随波而摇晃。渐渐地，建筑物上的灯光亮起，装饰着建筑物的轮廓，那些水中的倒影也更加绚丽。月光明起，建筑物和倒影及水平面都也令人看得分明，这一派美丽的黄昏景色，注定是要被夜色夺走的，所以我并不带任何的遗憾而离去。

那短暂的下午的休憩，却给我留下了深刻的印象。我之来去却于这美丽的景色是无动于衷的，我二十多年前来过，是这样的，我二十多年后的今天又来，她依然如此，现实与印象是一样的永恒。正如夜晚这清辉的月光，犹如白昼那火热的太阳。

秋的山野

如此晴朗的天气，清晨阳光洒满了城市的大街小巷。走在路上心情自然是很爽快的。沿着柏油路一直走到城市中间那座山下。山下的路上停满了车，都是前来爬山的游人停在路边的。山上的游人上上下下，熙熙攘攘的。孩子、老人、青年都结伴而来。

从山下拾级而上，在树林间穿行。那迂回的石级上都是游人，那木栈道上也都是游人。人们倚栏凭眺秋天的颜色。秋天是什么颜色呢？就是眼前那些树叶的色彩吧？那些红色的、黄色的、绿色的、橙色的，都在你的眼前，被风拂动着，甚为美丽。还有那些一树多彩的斑斓之美，在树枝上微微地抖动着，像是孔雀开屏一样。引得许多游人驻足。我也被吸引着，转身而赏。尤其是那些黄栌树，树冠大而茂盛，满枝的斑斓，绿中隐红，满树的颜色洋洋洒洒地散布在山林之中，与那些红枫树，与那些银杏树，与那些叫不上名字的树各具色彩，竞相争艳。

还有眼前那些飘白的芦苇，在蓝天下，在山坡上，在树前树后，随风摇摆着，与白云相呼应。还有那些杂草，都有秋的色彩，有的黄，有的红，有的已经枯了。但在草丛中那些四季花还开着红花，还在草丛中笑着。不时地从草丛中飞出灰色的鹧鸟。树枝上的喜鹊也在树林间飞来飞去的，不时地啁啾几声。喜鹊飞往的树上结满了果子，树叶已经落得精光，果子赤裸裸地挂在枝条上。这也是秋天的颜色吧？

山路上落满了叶子，展示着秋的性格。这一切都与山下的高楼、山下的大海，与天上的白云、天上的蔚蓝，形成一幅令人陶醉的秋天的光景。

人们被这秋所包围，被这秋色所熏陶，被这大自然所融化。走在这秋的山野里，人们一定会意识到，什么是生活，什么是艺术的生活；什么是人生，什么是美丽的人生。

正在山上欣赏着这秋色之美的时候，突然白云变乌云，东边太阳西边雨。豆大的雨点劈头盖脸地从天而降。这是秋的洗礼，令人酣畅淋漓，也使秋更有了一些味道。秋色更加艳丽，仿佛这雨就是滴下的秋色。乌云过后，阳光依然洒满了山路，从树枝间筛下的碎荫淡而有韵。山谷间风静、树密，阳光暖人，虽有行人，却弥漫着静谧之感，行吟其间，如若浪人，可以对万物言语：草儿枯去吧，生命会在明年的春天里再来；叶儿飘去吧，秋色会在明年的秋天里再来；果子，鸟儿啄去吧，种子会在落下的地方萌芽。鸟儿，飞去吧，冬天这里没有你的落脚之处，只有谢了秋色之后的寒冷，一切都被那白皑皑的雪覆盖着。

但是，一些鸟儿并没有走。我仍然会看到鸟儿的影子，并听到鸟儿的啼鸣声，那是冬天里最熟悉也是最美的音乐和歌声，像这秋色一样的美好。你看黑白色的喜鹊总是以不变的颜色映衬着那多彩的秋色，丰富着那单一的冬日，装扮着生机勃勃的春天，刻画着夏天的绿意。喜鹊是山里四季的天使，只要你来到山上都会有它的身影和歌声相伴，人们如此睿智，给了它一个吉祥的名字。今日我走在山里，也像这喜鹊一样自由快乐，心中充满了秋一样的色彩。可惜我不会写诗，不能充分表达这秋的山、这秋的城市、这秋的世界的美丽。但总会有人去写的，我也读过许多歌颂秋色的文章和诗篇。但放眼这连绵不断的大山，看着那曲曲折折的山路，如读着那脍炙人口的诗句，令人发狂，也令人沉静。杜甫诗云：感时花溅泪，恨别鸟惊心。真是触目惊心啊。这山里的一草一木、一叶一颜、一石一亭，都让人抒发着情感，人是多么的渺小，又是多么的脆弱，无论是躯体还是精神，在自然界，在这大山里。“天也高，地也厚，人生杳杳在其中。”与大千世界相比，人身便是沧海一粟，便是万丈红尘中的一粒尘埃，仅是大自然中的一个生物链条的小小的节点而已。

跨越一座山峰，跌入一个山谷，再攀上一座山峰，远处的景物如在天上，忽上忽下，心情也随着跌宕起伏，真是太美妙。走在山间，如在大海中乘船一样，有上下的沉浮之感。站在山顶远眺，城市的路直通向天空。山顶上的那座飞阁宏伟而壮观，翅檐直插云霄，古色古香的与这秋融为一体。周边的人们在赏阁，也在赏秋，那五颜六色的衣裳也融入眼前这多彩的世界，也增添着秋的浓烈。

天、云、阁、山、树、人、城、楼，无不有着秋的朗气，有着秋的苍翠，无不淡然、无一例外，和这秋的山野一样，都令人迷醉。

秋是一首诗

秋天到了，于是微信圈里便有了一首诗，名曰《秋词》。

自古逢秋悲寂寥，我言秋日胜春朝。
晴空一鹤排云上，便引诗情到碧霄。

读了这首诗，突然激起了我的一些情绪。对于秋，有许多人为之喜悦，也有许多人为之悲叹。刘禹锡所言："自古逢秋悲寂寥。"这是对秋较为普遍的感觉。许多人就感叹："秋风秋雨愁煞人。""一声梧叶一声秋，一点芭蕉一点愁，三更归梦三更后。"

"雨过一蝉噪，飘萧松桂秋。"人们刚刚从夏天走来。夏天里狂热和浮躁的心情还没有消失，突然都进了一个清凉的气爽的季节，使人们神清思明。虽然是硕果累累，但是树叶飘落、枝条瑟瑟，难免会使人感到冷清和萧条。

其实，天人合一。季节到了秋天时，犹如人到了中年。人到中年经过了许多的坎坷，经历了许多的冷暖，可谓收获颇多，因此也有了丰富的人生，但不免感觉光阴紧迫，“未觉池塘春草梦，阶前梧叶已秋声”，也会有人生苦短的感叹。

这时候或许我们的两鬓已经染霜；或许我们的“前途已经光明”；或许“贵人已不顶重发”；或许“只有后发制人”。这就是人生之秋。俗语云：“岁月不饶人。”也有诗曰：“最是秋风管闲事，红他枫叶白人头。”

但是刘禹锡又说：“我言秋日胜春朝。”秋天的澄明使我们更能看得高远。你可以看到天空下面那蜿蜒的来自天边的河流。你也可以看清白云下那起伏的美妙的山际线。你可以看到无垠无际的广阔的田野，还有那金黄的果实。故人们到了秋天也便有另一种感觉，那就是丰收的喜悦。因此也便不禁产生出许多的妙语佳词：金秋十月、硕果累累、瓜果飘香。

更有古诗词也为秋而绚丽：“寒山转苍翠，秋水日潺湲”“何因不归去？淮上有秋山”“秋在水清山暮蝉，洛阳树色鸣皋烟”“秋阴不散霜飞晚，留得枯荷听雨声”“冉冉秋光留不住，满阶红叶暮”“满载一船秋色，平铺十里湖光”。

更有高远处“晴空一鹤排云上”，那飞翔的白鹤，在晴空中如移动的墨点。见此情景，思绪万千，便诱发诗人的灵感，写下许许多多的感人文字："塞下秋来风景异，衡阳雁去无留意""秋风起兮白云飞，草木黄落兮雁南归""长风万里送秋雁，对此可以酣高楼"。这当然就是刘禹锡所云之"便引诗情到碧霄"。

读到这里，你会知道秋的意境。秋的美是世上最动人的景致之一。秋就是一首诗。

这首诗则使我意识到，这世界就是一个魔橱。当你走进去的时候，会发现那里风景的玄变。许多人说：人生如梦。就是因为你在这个魔橱里。这个魔橱幻化的一切，有时会使你如痴如醉，有时会使你痛心疾首，有时会让你感到欢乐无比。在这个魔橱里你会遇到各种各样的事物，甚至是一些怪物或怪事。比如说人面牛腿的动物、头上长着鹿角的人。你还会遇到巫婆，还会遇到善良而单纯的露西和爱德蒙。

你看一看这个魔橱，冬天里本来无艳，突然白雪纷飞，给你一个童话般的世界。你再想一想春天，暖风拂来，百花怒放，这是怎样的一幅美丽的景象？到了夏天又是郁郁葱葱，花荫满地。有时大雨滂沱，有时骄阳似火。而秋天呢？则是"天高云淡，望断南飞雁"。

无疑这世界就是一个魔橱。有人把它比作"万丈红尘"，也有人把它比作"仙门圣地"；有人把它比作"天堂"，也有人把它比作"地狱"。人啊！其实一出生就迈进了这个魔橱的大门。当人们所谓死去的时候，其实也就是迈出了这个魔橱的大门的时候。

当你迈出大门时，回过头来看一看这个世界，突然发现这个生活了一辈子的世界原本是一个魔橱。原本有些事情是不该为之喜怒哀乐的，那一切都是幻化的，都是虚无缥缈的。真是令人哭笑不得。可是人啊，总也逃脱不了无形的意念和欲望。这是魔橱的魅力？还是人之本性使然？

有一句诗曾经描写过春天和秋天，说："春日大雅能容物，秋水文章不染尘。"单单把春天和秋天剔出来歌唱。其实，春、夏、秋、冬本都是大魔橱的幻演，本不必区分好与坏的，可是有了人的思想便赋予了其冷暖、善恶、美丑。

刘禹锡的另一首《秋词》同样提到了春与秋：

山明水净夜来霜，数树深红出浅黄。
试上高楼清入骨，岂如春色嗾人狂。

这里就完全地赞美秋了，这更加体现了主观对客观的认识的差异性。

人各有志。我则认为春、夏、秋、冬各有其美。春像一首歌，冬若一部童话，夏似一场戏剧，而秋则是一首诗。

秋雨秋色

秋雨淅淅沥沥地下了几天，温度下降，天气清冷。蓦然感到了暮秋的来临。树叶落下，覆盖着草坪，绿色中生出彩色，黄的、红的、橙的、褐的，忽然进入了人们的视野，给了人们一个多彩的世界。

许多人疑惑，一夜就变得这么美丽，像是施了魔法一样。雨后的多彩使得秋色欲滴，到处洋溢着湿漉漉的秋艳。人们喜欢着这个世界的变化。

我也喜欢这样一种感觉，推开门走向秋雨中，或穿一件雨衣，或撑一把雨伞，突然见到了雨中的秋叶变得清新，树下绿色的草坪上散落了一些黄的、红的叶子，有一些红果子树，叶子落了一地，枝上稀疏的叶子透着串串红色的果实。

我也喜欢这样一种感觉，外面的秋雨在淅淅沥沥地下着，风声雨声仿佛有节奏地不停地重复着。透过窗子可以看到多彩的枝叶摇动着。自己坐在沙发的一个角落里，孤缩着，或手里拿着一本书，静心地阅读，或手里拿着一个遥控器，关注着电视，偶尔停下来听一听雨声还在敲打，看一看树枝仍在摇曳。

我也喜欢这样一种感觉，下着秋雨，走在那些历史的街道上，石砌或砖砌成的甬道，两边是翘起的屋檐，听着雨声，踏着湿湿的路面，任雨淋透自己的衣裳，观看那从檐上流下来的雨水。街上偶尔一个人与你相遇，不曾相识，无有语言，但彼此都在赏雨、听雨，听雨中走过的脚步声。当雨来得急时，又可以避到一个门楼中，以对面青瓦白墙为背景，看空中速速默默地落下的雨线。

我也喜欢这样一种感觉，秋雨很密集，不给人们一点空间。一时街道上水流成河，突然又下起了冰雹，啪啪地打在车窗上、打在房屋的瓦棱上。天黑黑的压得很低，路上看不见一个行人，大雨点拍打在那些室外的物什上，那些过去惯听的声音也会随之而来，使人又想起了什么。

我也喜欢这样一种感觉，秋雨稍歇，鸟鸣枝头，雨滴从树叶上滑落，风儿把它吹散在你的额头上。鸟儿在草坪上寻食，偶尔落下一片叶子，把鸟儿惊扰，鸟儿飞走，又飞来，如此增添着美的生机，增添着美的动感。

人们总是漫步着，漫步着，然而终于被它们所吸引，使你不得不驻足留意这旁边的意趣。

那秋色和秋雨叠加在一起，会使彼此更加浓郁、更加令人感怀。阳光下的秋色固然是多彩的、是美的，但是阳光会夺去一些光彩。而月光下的秋色固然也是多彩的、也是美的，但是灰暗会夺去一些光彩。只有当秋雨霏霏的天气，秋色才会像出水的芙蓉一样，无与伦比。

有人说秋雨一至，秋色会变得有一点凄凉，其实，这是一种具有很强感染力的凄美，更会打动人心，是美的一种。

人的一生度过的每一天不都是阳光明媚的，也不都是阴雨连绵的。如果把人的一生用一个季节来描述，人们一定会选择秋雨的天气来形容人的一生，略有凄凉，但正因为这种凄凉才有了人生的美丽。在这个时节里，人们已经经历了许多、付出了许多，但也正是这些经历和付出才营造了这样一个收获的季节。瓜果熟透，挂满枝头，又给美增添了内涵。人们看着这雨洗净净、硕果累累，一下子对那人生的凄凉化作了一种满足。从这一意义上来说，人生其实就是一种感受，其实就是一种结果。

人的一生都是苦尽甘来的，就像书里说的："梅花香自苦寒来，宝剑锋从磨砺出"，只要有收获，路途坎坷一点怕什么呢？"无限风光在险峰""奇特瑰丽，常在于险远"，人生走到了秋季，也应该攀到高峰了，也走到了最远处了。自然与人就是这样天人合一是也。秋雨与秋色那就是我们的人生啊，那就是付出和收获、凄凉和美丽的融合。

雀舌

铲一勺青茶，放入白色的瓷杯或玻璃杯中，然后把热水倒入。茶的叶子会像鱼儿一样在水中游着向一处聚拢。一会儿鱼儿会在水中分散开去，有的沉入水底，有的仍浮在水面，有的在水中间，形成了一个立体游动的画面。

水也会由白至淡黄色，但仍清澈见底，给人以淡泊宁静之感。这时你可以轻轻地吹散浮在上层的茶叶，茶叶会像鱼儿一样游去，喝一口茶水，沁人心脾，如此清香。一会儿茶叶又像鱼儿一样慢慢地游来，让你观赏。如果你再喝一口，仍需轻轻地吹气以驱“鱼儿”远去。这时的鱼儿又从上到下，从左到右地沉落在水中。当你轻轻地深沉地呷一口杯中的水，那“鱼儿”则沉入杯底，像船儿归来，满仓的鱼儿堆在一起。

当再次把水倒入，“鱼儿”则像张开了翅膀，飞在水中了。那姿态如朱雀从四面八方而至，又如百鸟朝凤。如果你想再喝一口茶的话，仍需嘘一下，“百鸟”又会飞去，漫布天空，又一壮观的场面出现。

有时，突然一鹤翩然飞来，紧跟着百鹤束翼而至；有时沉鱼落雁双至，有的如沉鱼，有的如落雁；有时，突然鲲鹏舒翼群至，遮天蔽日，天地之间浑然一片。这时，已使你不能望见红尘，只是满目的茶道与禅意。

人的特点

人是有感情的，也是有思维的。但，人也是动物。动物也该有感情、有思维，也许思维的方式和程度与人不同。但人不但有感情、有思维，而且有改造自然的能力。这是人与一般动物的区别。

人是高级动物的标准就是因为人有创造力。而其他一般动物是不曾有的。先前有人说：人与一般动物的区别在于人是感情动物。我认为标准太低，不是很确切，人是感情动物，是对的，但不能作为人与其他一般动物的区别点。人是有感情的，但有感情的动物不全都是人，有人，也有一般性的动物，如老虎、狮子等。

一般的动物也是有感情的，比如说老虎，它在寻找配偶时，并非所有的异性皆可，而是有选择的。当老虎生下了幼崽之后，会极力地保护小崽子，当遭受敌人进攻之时，它会不遗余力地反击，保护其幼崽不受侵害，有时会用嘴叼着小崽逃到一个安全而隐蔽的地方躲起来，即使自已受了伤。你说动物能没有感情吗？能不懂得感情吗？

你看当其饥饿时，它要捕抓食物，它会到那些动物出没的地方去。当它到了目的地，它会躲在草丛中等待观望，伺机而动。当食物到达近处，它会突然发力、奋起直追，能说它没有思维吗？没有思维会这样做吗？当其追上食物，它为什么不去咬食物的尾巴呢？它为什么会或者说懂得扼其咽喉呢？这难道能说它没有思维吗？

活着的东西都是有感知、感情和思维的。人之所以与一般动物不一样，关键点在于人有创造力。人可以造枪、造炮，即使在原始时期，人也会用石器，人也会钻木取火，人也会把草木披在身上以取暖。人的创造力是可以改变自然的，原始的自然是什么？是青山绿水、蓬蒿满径，是动物出没、鸟雀鸣飞。你再看现在的世界有多么大的变化，高楼大厦林立，高速公路纵横，劈山填海，伐木除草。这是何等的创造力啊！这哪里是一般动物所能及。动物之能不及人之百分之一者也。但人也有一般动物的属性，如互相残杀。在这一点上，人的这种残酷的兽性比一般动物有过之而无不及。动物的互相厮杀都是平等的，用爪子去揉，用嘴去撕，用头去撞，从来不会借身外之物去杀害对方，而这种厮杀也就并不可怕。因为那是一个生物圈、生物链条。然而人类却比动物凶残得多。他们不但会用嘴、用手、用脚、用心，还会用自己创造出的刀剑去砍、去捅、去刺，还会用自己创造出的枪去打、去杀、去扫射，霎时会杀掉一大片、一大群，这还远远不够，在人们的创造发明之中还有原子弹，一旦发出去，会使一片区域瞬间被摧毁。原子弹的残留物会影响人类很长时间的健康。你说人类残不残忍。这太不公平了，用武器对付两手空空或赤手空拳的人们，这难道公平吗？用武力去自相残杀，到底是为了什么？为了什么人？如果是真正为了人，就应该放弃武力，和睦相处。只要拿起武器就一定不是为了人，而是为了欲望，而那些拿起武器冲锋陷阵的人，只有牺牲生命。

人类经历了上千年的厮杀磨难，才悟出了一个道理，返璞归真。俗话说：聪明反被聪明误。人的聪明误了人的几生了。人活得太累、太复杂。没有一般动物活得那么简单、那么自然，它们不需要去创造，不需要去改变环境，只是去适应自然、享受自然。

世界上最可笑的是人类，人类一边看不起自己，一边却又把自己奉为神灵、奉为佛，又把佛的法力奉为无边。这就是不自信，用佛的慈悲去弥补自己的可怜和渺小，用佛的微笑去弥补自己的苦楚。

可怜的人类。在世时又那么痛苦地活着，活着而已，但当要离开这个世界时，又那么的留恋，痛苦得不愿意离去。你说能不可怜吗？即使死去了还不甘心，还标榜自己有灵魂，修行好的人又会托生为人，修行不好的则成为其他动物，如牛马，不停地劳作。我看应该倒过来，让那些修行好的人去托生为一般动物，让那些修行不好、作恶多端的人再次托生为人，让他再好好地修行，修行好以后再托生为动物。

人总是找不到自我，总是向左一撇，再向右一撇，所以找不到正中，人不应该用“人”来表示，应该用“I”来表示，顶天立地，不偏不倚，简单纯正。这才应该是人的本质。人用自己创造出的武器去杀人，这有时也不算不公平，因为人都可以造武器，都可以使用武器，而不拿武器的人，不能怨别人，而怨自己不拿武器，而当人用武器对付一般动物的时候才是不公正的、不公平的。

人类的创造力、思维力自古至今带来了许多的悲剧，如影随形。战争从来就没有胜方，总是两败俱伤，是最大的悲剧；婚姻的破裂，也没有胜方，总是两败俱伤，是小小的悲剧；火灾、交通事故、踩踏事件、飞机失联、失事、暴力事件、恐怖事件等都是大小不等的人类的悲剧。人类的悲剧不仅体现在肉体上，更体现在精神上。许多的文学家、艺术家、编剧，不断地增加和渲染着多种不幸和悲剧的色彩。比如，描写一个家庭的四分五裂，夫妻之间互相提防、互相欺骗，父子、母子之间在一个家庭中形成不同的对立面，甚至，一方败露，另一方变成了迫害、杀戮的刽子手，不符合传统的伦理，不符合人类道德，破坏了家庭和谐。这都不应该是文学作品中出现的剧情。现实是现实，但艺术应该总是教人向上，教人有正义感，教人们有亲情，教人们有爱的。但那些所谓的艺术家不仅破坏了一个个美好的家庭形象，还破坏了国家的形象，只是为了吸引人们的眼球，用那些不乏糟粕的手段去刻画一个家庭中的几分子。这是一般动物做不出来的事情。现实有一些事是不能在大庭广众之下去艺术化的，艺术要揭露现实，但有时要粉饰太平的。现实像一个真实的人，但总是要给人穿上一件像样子的、得体的衣裳，该露出的要露出，该藏在衣裳中的要藏好。如果没有衣裳，那又回到了远古不文明的野蛮时代。人要脸，树要皮，动物还要毛和皮。这些传统的文明为什么在那些艺术家、编剧那里就找不到了呢？他们用现代文明的阴影隐藏着那些野蛮和非人性化的粗鲁。

他们一会儿讲修养，一会儿讲正义，与此同时，使人类丢掉了连一般动物都应具备的情感。细微之处见精神，家园之处见国家，一个家庭的成员都互不信任、互相猜疑，那一个国家还能和谐吗？无论什么时期，和平之时一个家庭要和谐、团结；患难之时，一个家庭更要互相团结、相互理解、同舟共济。国家也是如此。有国有家才称其为国家。本来战争就是残酷的，如果家庭再蒙上阴影，那不是在伤口上撒盐了吗？

动物有动物的王国，动物家族也有它们的领地，但当受到外敌侵入时，它们也会团结起来抵御。它们不会拍成电影来呈现那些悲伤或悲惨的场面，这是人与动物最大的不同点。

现实的东西要成为艺术，需要去粗取精、去伪存真、去消极取积极，是需要过滤的，过滤的现实才可以装进艺术的篮子里。现实是需要提炼的，提炼的现实才能成为艺术，才可以用以示人，而反复之。

赏西域随笔

西域，这是多么神奇的一个名字。其神奇来自其神秘。自古以来西域就有许多历史故事，少数民族迥异的文化，西域地理环境和人们生活方式的不同，都让西域充满了神秘的色彩。

你到了那里都有探讨个究竟的想法，逛不够、看不透，总觉得时间太仓促，也就只好走马观花。因而也就只是去那些不负盛名的名山大川或历史文化名胜去看上一眼，很难走进历史、走进文化、走进民俗中，也只是带着感性的印象，遗憾地离开了。

想象着有机会再来，一定住下来探讨个究竟。但很多时候很多人都会遗憾地再也没有回去，即使回去也很难有时间或条件深入到那些具有文化精髓的角落去研究那些原始的因素或文化习俗。

其实那些所谓的著名的景区或古文化区域已被现代人修缮或商业的活动所破坏，只留下了一个躯壳。但是，虽然是这样，旅游的人们也在不断地慨叹古人的智慧和历史文化的神奇。可见古人之讲究、传统之精细，也可见今人之回归。今人对古时的向往与羡慕，也是对当今社会或生活方式、生产方式的反思。

今天的东部和西部也完全不同，东部的大开发、大发展，已经把那些神秘的角落全部挖掘出来暴露在所有人的视线里，那还有什么神秘？坐在家中尽观世界，尤其是电子产品的发明已使人们自己失去了秘密。而我们所生存的客观环境，也被我们改造成广场、大道、灯光秀。海边成了观光大道，山路成了防火通道。而西域也受到不同的现代主义或后现代主义的生活方式的冲击，失去了许多的神秘，但是现在的潮流并未完全冲刷掉历经千年的文化符号。当我们从现代化洗劫的区域一到了西域，仍会有许多神秘的感觉，仍兴趣浓郁、兴致盎然地追逐着。

在经历许多的日新月异的变化之后，人们也感到了身心疲惫，停下来反思后，决定把那些古物、古建筑、古生活方式留下来。毕竟人的精力是有限的，会有伤痛、会有思考。

那么这些留下来的东西也便成了人们争相一睹为快的人类遗产，山上那些古镇，一条石阶胡同，两边的房屋，檐翘、石墙及上面长着草木、有飞檐的门楼，都令人流连忘返。甚至只有一条胡同，脚下的石板已被历史的脚步磨出了光，人们也欣赏不已。穿过一次又穿过一次，不断来回地寻觅着、体验着、享受着古时候的时光，用手机拍下来，揣在兜里，不时地观摩着、体味着、欣赏着。而那些从街面上看上去只是一座古楼的建筑，从大门进入后，会发现有几进院子，有深深的空间，使人们感到一种秘密与旷达，左、右、上、下无不有精雕细刻的文化艺术神物。再看那些小平房，受到大户建筑的挤压而产生了曲廊通幽的不经意效果，一进门便是照壁，拐弯处便是天井，连廊有时是三叉的，就在拐弯处，便是一处景致，或是一棵树，或是一个盆景，或是一块奇石。普普通通的小房子也有风水之匠心，也有挤砌之精功，不禁令人赏赞古人之精神，人穷也活出历史时代的精彩。正如古人云“苔花如米小，也学牡丹开”，就是这些小小的平民古建筑也成为了文化品、艺术品，使前来鉴赏的人们来来往往，络绎不绝。

在那些古镇、古城、古村落里，不仅有住的地方，而且有许多公众建筑，像城墙、城楼等，也都是有艺术感染力的。在这些地方，自然与人文衔接得如此恰到好处。那些山头、那些水泊也与那些建筑和谐相处、相得益彰，充满着灵气，不得不令今人自叹不如，就是如今西域的生活方式也还有古之韵意。

那漫山遍野的村落，依山傍水，如梦如幻。到了这里，恍惚间到了另一个世界。

闭上眼睛

我试着闭上眼睛，才知道什么是色彩。那红色的、绿色的、白色的、黄色的都会瞬间涌来，以不同的形式，像洪水一样，像光线一样，像油画一样，像水彩画一样。它们也以不同的规模出现，像大海一样铺开，像大山一样耸立，像白云一样飘来，像草原一样伸展。它们又瞬息万变，像雨像雪又像风。那么鲜活，那么生动，那么深邃，那么厚重，那么奇怪。

我试着闭上眼睛，才知道什么是神游物外。自己可以飞翔，只要翅膀不停地搏击，就会像鸟一样在空中快速地飞行。自己也可以在水中不停地游，像鱼儿一样自由自在。自己还可以摘取仙果。一些奇怪的事情都变成现实。那么光怪陆离的环境都成了自己活动的地方，不像是在人间。因为你会遇到那些在现实生活中再也不可能见到的人，遇到那些永远不可能发生的事。我的母亲已经离开我们到了另一个世界。在闭上眼睛的时候才会在一些场合遇到我的母亲。所以我愿意闭上眼睛，再和母亲见见面，说说话，做做家务，看看她的音容笑貌，听听母亲的唠叨。但是母亲没有一次与我说过话。不仅仅是母亲，很久以前离开的奶奶、爷爷、外婆、外公也会来到一个地方与我见面，甚至一些身边的朋友，或是一些长年不曾想起，或许早已被忘记了的事情和人物都会出现在闭上眼睛的时候。并且把一些人物变得老化，一些人物变得年轻，一些活人变成了死者，一些死去的人又复活，这是怎样的一种魔法啊！

我试着闭上眼睛，才知道什么是无奈。陷入泥潭之中，欲动不能，欲静不能。车发动不起来，发动起来方向不好用，方向好用，不能制动，眼看就要撞到了墙，撞到了人，撞到了车，正在慌张、紧张时，一切都发生了。与人打架拳头抱不起来，追赶时跑不动，那真是令人着急。一下车，路上是水、是泥，泥泞得让你小心翼翼。有时路上长满青苔，有时路上撒满了蒺藜。一点儿事都不能做，只有聚精会神地去走路，有时走在悬崖峭壁上，有时从低处向高处爬，如履薄冰，不小心、不用劲会掉下来，使自己毛骨悚然、身心疲惫。有时也跌于深渊，失重的感觉使你不得不睁开眼睛。那么无奈，又那么无为。

我试着闭上眼睛，才发现向善的光明，美好的景色。一条通向前方的光明大道在向前延伸。车子跑得很快，跑在山里，跑在沙漠里。沙漠中开放着莲花，奔跑着鱼儿。大雪纷飞，落在了满园的鲜花上。雨洗万物，落地为冰，太阳和星星同在，黄金颜色的宇宙，银色的房屋，红色的山与水，鸟比猫大，狗比牛高。那么荒诞，那么奇怪。

说梦

奇观

应一位多年不见的老朋友之邀去品茶。茶园在一座山里。驱车沿着一条乡间小路过去。路两边种满了庄稼，以玉米为主，高高地立在路边。车子一直跑到山中。

在这座深山之中，有一个大的世界。东边和西边都是连绵不断的山脉。中间很开阔，一条河流从北向南流去。河面很宽，平如明镜，河的两岸植被丰茂。这一切仿佛回到了东晋时的“桃源”。

东边的山崖上建有几座古亭，并有连廊相接，古色古香，雕梁画栋。山上的树枝斜来倚在栏杆之上，野花从栏杆间伸进来，仿佛在探视廊内动静一样。当有人走近，它们都会拂衣颌首。许多苍劲古老的大树在廊边如龙盘踞。

当我入山之时，便听到各种鸟的鸣叫声，空山传音，清明悦耳。刚踏入亭廊，就看到周边有许多的鸟儿在树上，在廊内的栏杆上，各自闲落，多姿以美。我们的到来，它们并未给予相应的自然礼遇，仍我行我素，无所顾忌，悠然之态，旁若无人。尤其令人惊叹的是鸟的颜色都是绝然的黑色和白色，绝无杂色，格外地惹人注目。这些鸟的大小要出一般鸟儿的十倍之余，但神态和外貌就像一般的鸟雀。

鸟儿没有什么反应，我们却反应强烈，许多同伴几乎都喊出声来："如此之静美！"这些可爱的鸟儿，使你忍不住会伸出手来。我喊着"喔，抓一只鸟"，但手并不好使唤，想快速伸出手抓住那只在栏杆上的鸟，然而手不能快，只是慢慢地伸出来，鸟儿早已一蹦一跳一展翅地慢慢地离开你的手所触及的地方，近在咫尺，但无法抓到。

这时同伴们走在前面者喊着："快，抓住这两只鸟。"我欲快速走过去，但腿也不好使唤。等走过去一看是一个旷达的山腰平台，一棵大树上，站着两只雪白的大鸟，足有猫那么大。两只鸟儿在嬉闹间，突然一只鸟翅膀快速"扑扑啦啦"地扇动向地面飞落，我向前轻轻地用两手抓住了那只鸟儿。突然间我惊呆了，鸟儿开口说话："别动我，别动我，让我坐一坐。"不断重复着，从我手中挣脱，然后轻轻地飞到一枝平展着的树枝上卧闲。

邻近树上那些黑色的鸟儿也在跳动，我伸手刚要去抓一只，忽然就有一只送上门来，飞落在我的手上，在我的手上展翅。我留心一看，是一只大的蝙蝠。我虽在梦中，但潜意识告诉我，蝙蝠者，谐音为“福”，福不求自来，这令我非常高兴。但突然又有一个念头涌在心间，小时候听大人们说，蝙蝠是老鼠变来的，会咬人的。于是自己又紧张地松了一下手，把它放飞。而它并未飞向远处，又落在周围的一棵树上。我很高兴，感觉到今天的鸟儿不像鸟，而像动物一样蹲在身边。

我感到无限的愉悦。穿过这眼前的惊喜的一幕，放眼远望，前景美好，景色宜人，远山如黛，白水笼雾，近身处一片碧绿，黑白的鸟儿散布在树枝上，是一幅绝好的古代山水画页。一时我也成为古人，成为画中一个因素，使这幅画页复活了。头上的天空蔚蓝，是一种生态的色调，太阳的光柔和得可以使你忽视，一切都是宜人的。

从亭廊上走下，沿着石阶来到那片茶园。我一看这哪里是茶园，仿佛是一片自留地，种满了各种植物和蔬菜。几乎所有的植物和蔬菜都开满了花，花色以白色为主。只有那绿油油的芹菜没有花朵。就是那一片西红柿，绿株上也开满了花儿，朋友指着一片茶树告诉我，这就是他的茶园。茶树只有长长的二畦子，与其他植物和蔬菜融在一体，也开满了白色的小花，很整齐。我一看就是茉莉花，一种感性认识，平日里知道有茉莉花茶，所以开花的茶，自然就认为是茉莉花茶。

眼前的一片园子高低起伏，流线般地滑向远方，一片缓和。在园子的一边有一幢房子，高大宽阔，看上去只有三面墙体，一面是敞开的，面对着一片休闲园，房子里放着许多喝茶的设施，还坐着正在喝茶的人。朦胧间很羡慕这些拥有休闲园的人们，仿佛他们代表着另一种生活方式，温馨、自然、绿色。

刚一转身，忽见眼前一片白水，茫茫浩大，紧接着飞起一片白鸟，遮天蔽日，翅膀发出“嗒嗒”的声响。那是一群白色的天鹅，美丽壮观。惊喜间从梦中醒来。品茶也就此罢了。

恍惚之间

意识之中那就是自己的家乡。户户相通，家家相连，人人为商，户户为铺，墙壁上挂满了各种小商品，连路上也都摆满了东西。有一种东西我看得分明，是一种晶莹剔透的图钉。路上几乎没有空间，路也没有迂回的路，遇门进门，遇窗逾窗，像是进入了一个迷魂阵。我仿佛是一个人赤着脚走在路上的，心里想这可为难我了，一怕踏坏了人家的东西，二怕扎坏了自己的脚。但路毕竟要走，要向前，但脚踏下去的时候，却也不感觉到痛。那是家乡的商铺，也知道是自己的游子归来了，故脚、物都无损伤。

当逾过一个窗台时，一抬头看到屋地上站着两位女子和一位男子，正站在一个高柜台的一边。见我从窗子进来，便抬头望我。那两位女子，长得很丑，像是在地狱中生活的鬼魅，都扎着两条长辫子，留着齐眉的刘海，脸色红润。尤其是脸颊上的红，像是涂了红色的胭脂。那位男子是一位文明的壮年人，是我熟悉的故人。这时我才意识到这是我们村子里的一个大户人家，有五个儿子和两个女儿，也是村子里的一霸。他们见我进入并没有反感，先是一愣，后是友好地与我寒暄。我恍惚间已走出了那个大户人家的院子，来到了海边。仿佛是村子在一座山上，山的北面就是海，海岸就是那座山的北坡，都是一些棕褐色的礁石，高高低低的不平。整体上，岸边很陡，虽不是悬崖，但足令人如履薄冰。我站在了最高处向下望去，不像海而倒像一条峡谷，但下面的水势像海，石头也像被海水侵蚀过了似的。我赤着脚站在一块礁石上，为了不让脚受力很重，手也用着力，正在迈步之间，一块礁石动摇，我又一次恍惚之时，那块礁石掉了下去，向大海抛去，我却没有和礁石一起滑下，倒站在高处，看着那块礁石下落，心被揪住，怕打着人。石头落到中途时，有一位老人领着一位女孩在礁石上赶海，我几乎喊出声来，心几乎跳出来，结果礁石从那女孩的上方跳过，孩子和老人都安然无恙，自己松了一口气。仍然见那块礁石向下滑落，低处也没有人了，就在这时，一个人从一边走来，就是那位我熟悉的男人，礁石冲着他打去。我大声喊着他的名字。我又一次恍惚。又一次站在岸上，向前是礁石林立的海岸，向后是铺满商品的路，天上没有阳光，总是阴沉着脸，自己感到很失望。这一切并非自己的家乡，家乡的人从来没有在村子里经商，路也从未像现在一样相连，也不是路不拾遗、夜不闭户，村子的北面是一条小河，也不是大海，河边是平滑的岸边，河水总是欢快的、明朗的，我再一次恍惚。

我看自己赤着脚，开始寻找鞋子，看到那双鞋子很规矩地放在那里，在一个熟悉而又陌生的地方，我说不出那地方的名字。我过去穿上那双鞋子，回到岸边向家里走去，路上的商品没有了，路也变得平坦而明亮，终于也找到了自己的家。看到母亲正在做饭，仿佛煮的是小米稀饭，正拿着一个葫芦在那里比画着，我就问母亲在干什么，母亲没有说话。但在我的意识里知道，葫芦要做成瓢，把它割成两半，再放在小米稀饭中煮沸，才能成为有韧性而耐磨的瓢，于是就帮助母亲干了起来。母亲从来还没有让我帮助她做过事情，每次回家都是坐在一个破旧的沙发上听母亲嘘寒问暖，自己通常很少讲话，只是听母亲说，活就更不用干了，就是母亲自己一个人做。有时回到家，坐在沙发上，村子里的人来看我，听他们唠叨，母亲只是坐在那里，或去做自己的事，与我说话根本排不上队。所以有时自己回家就悄悄的，不让他人知道，回到家就与母亲相对而坐，坐上一个小时，这是最奢侈的了。每次走母亲就流泪。恍惚间一切都没了，母亲去世了，家境也变了。母亲也只能在梦里与自己会面，但是从来也不与我说话了，都是我自己去心领神会地体会母亲的心思。母亲病重住院期间，亲朋好友到医院看望，许多人都带着鲜花到医院。母亲特别喜欢鲜花，鲜花有时凋零，想拿走的时候，母亲总是示意，把鲜花再留一段时间，所以母亲去世后，这鲜花也成了我想念母亲的寄托。我每次回老家总是到母亲的坟上去送上一束鲜花，以表哀思。但这鲜花总是在风中恍惚之间凋谢、枯萎。

自母亲去世后，回家的路怎么就成了这个样子了。这虽然是梦，我却很介意，一个节日回老家去，快到村口时，一条路正在修，挡住了我的车，不能通过，只好返回，从河的另一岸走过。但等到村口，穿过河堤上的一个闸门口时，车太宽不能过，只好下车徒步走向村子。村子里的路上堆满了土、草、砖瓦，杂物侵道，使得路两旁参差不齐，进了院子一条黄狗摆着尾巴向我跑来，进了屋子，父亲沏上一杯热茶，很烫，未等喝下去便起身离去了。这一年不仅是梦使我伤感，这一年的冬天也给了我许多的凄凉。

片段

大巴进入了一个风景区，四周是山，山上长满了各种草木，植被很好，有许多奇特的景色。大巴车停在了连绵不断的山间，许多的游人都不知去向。仿佛只有我一个人在这大山之中。我翻过了一个山头来到山的另一边，那就是一条河或说是一片海。看到两个人在那里工作或是游人。突然大水溢出，远望去滚滚洪水如龙蛇附地冲来。

我看到如此之大的洪水，就扭回头来向原来的山上爬去，但一回头便见两条路，不能辨别哪条路是走过的路。便问及那两个人，那两个人并没有说话，只是用手指了指方向，但也不是那么坚定明确。我也只好依靠自己的判断向后面的一条路走去，但自己也在担心，山里的路难辨，方向一差，可能会谬之千里，希望可以找到旅游的团队。

但此刻并不容思考，洪水已从左边超过了自己，于是不管怎样，先登高以避水。但突然山变得很陡，虽然上面有许多的洞、许多的落脚之处，但石壁很滑，不能攀附。但向右则有一条斜着方向往山顶的路，就从此上山。到了山上，才看到大巴停在那个空旷的山间，阳光洒满了山谷，天气如此晴朗。许多人上了车，车开始向前奔驰。这时突然有全副武装的队伍从天而降，他们穿着绿色的铁甲，手里持枪，朝着大巴射击。这时水从山口进来，铺天盖地的，腹背受敌之势形成。但我并没有什么恐惧之感，像一场闹剧。武装队伍的枪支像游戏中大力士的枪支一样不停地扫射着。我的腰中弹了，但并不那么疼痛，然而有感觉，却没有把我打倒。车从枪林弹雨中、从洪水猛兽中走了出来，人们仍然都安然无恙，阳光也依然洒满了山间。

一夜都在忙碌着，一段一段的梦境出现，但醒来的时候印象已经模糊，努力地回忆着。已经记不起全部的幻梦情景。梦中个别的细节再浮现出来，然而却支离破碎了。

突然出现了自己童年时的一个伙伴，但现在各在岗位，不知道现在在干什么，也不知道是否还活着。但这一片断也未与之交流。梦中相见只是像往日一样一同玩耍、一同干事情，不曾有一丝曾离别多年的痕迹。没有惊喜，没有忧伤，很自然地相处，并有其他的人物出现。有一些人一直不曾再谋面，也许永远也不会再谋面，除在梦中的那一片如云的幻影。

母亲也进入我的梦中，出现的都是母亲为家庭操劳的碎片，做饭、浇园、洗衣。有时也不知道母亲要干什么，或提着一个桶，或拿着一把扫帚，或在微笑，或在人潮中。有时与我并不说话，母亲对我仿佛不曾相识过，但我对母亲依然是那样的亲、那样的熟，不曾陌生过。虽母亲去世多年，母亲的形象有时也变形，但依稀可见她的慈祥。

故乡又一次进入梦乡，看到了那些村子里的艺人们吹、拉、弹、唱着，此起彼伏，没有舞台，也没有华丽的衣着，更没有灯光，是在一个夜晚，明显是夜，但并不一片漆黑，分明能辨得清楚。也没有很多的观众，我是唯一的观看者。

镜头又扯到了一片海湾，和人们一起看游泳，自己也落入水中，爬起来又陷入水中，自己仿佛也想一展泳姿，但终没有卷入。只是羡慕泳者如此沉着的缓游，我忘记了自己的去向，也忘记了自己的目的，在那里陶醉着游泳者的陶醉。

梦里娶亲

清晨的太阳已爬上了东山顶，光照四方。喜鹊也已躁鸣树梢，一片祥和之气。娶亲的车辆已出发，新郎穿上了新做的礼服，以一种新的昂扬的精神到邻近的村子里去娶自己的意中新娘去了。一起去的还有许多的亲朋好友，我也是其中之一。一进村子便看到了新娘家那几座房子。

那几座房子颇有气派，中间突起，两边略低，墙体全部用青砖砌成，房顶全部用黛瓦合盖，窗子是古典的木窗棂，没有现代式的大玻璃窗子。一下子把人们带入了另一个年代，洋溢着中国传统文化的颜色和气息。一看是一个大户人家，有钱，有势。路两边观看的人们排成了队，人们穿着古时的棉袄，抄着手。看上去天气有点冷，树木也落光了叶子，故那房子便显得更高大、更瞩目。房子周边是高大的院墙，院子的南边是一座门楼。翅檐如飞，两檐上排着避邪之兽，朴素而威严，高雅而大方。

人们一下车，新娘则在门楼处，穿着礼服落落大方地迎接客人们，手中端着一个盘子，微笑着把糖递给每一位客人。新娘分完了糖以后，与新郎一起进入了正房。人们望着这一对新人，不断地议论着。他们的穿戴与周边观闲者格格不入，新郎新娘的现代气息也与这建筑格格不入，但娶亲迎新却是那么的喜气洋洋、融洽和谐。

新郎新娘在人们的盼望中迈出了房门口。由于房门上的槛儿较高，新娘不得不把拖地裙轻轻地提起，提起裙子时，头微微地低下瞅着脚跟。盘起的头发像一个草垛，上面别着一枚玫瑰针。当脚步迈出房门时，两人同时抬起头，新郎的眸子里闪着美丽的神光。从房门到门楼那么一段距离有许多的繁文缛节，走蝙蝠、抱小孩、拾元宝、鞠躬拜宗等，都被现代化的新郎领着新娘快步免掉了。门楼大门口的槛仍然是高的，并高于房门槛。门大开，但却挂上了一帘竹屏。应由新郎掀起竹屏，新娘轻挽礼裙迈出。而新郎则干脆把新娘抱起，用身子扛开竹屏径直上了车。一起去的贵宾们也被安排到不同的车辆奔向新郎的村子。

我被安排在五号车上，当时上去才发现是一个敞篷车，像是现在旅游所用的游览车。这也很好，可望四周而无遮挡。当返回时，才发现除了新娘家那座突兀的大房子以外，其他的民居虽然不那么高大，但也盖得很规矩，做工精细。许多房子是红砖砌成，砖缝砌得一丝不苟，虽然简陋，但一栋栋的房子错落有致，如工笔画家手下的作品。可见这村子的人们朴素、勤劳、洁净、节俭。整个路的两边没有暗藏的死角，像是神仙住的地方，无人间之烟火似的。

我所坐的五号车上，有五六个人，其中一位小孩子，说了一些大人说的话，大概之意都忘记了，具体的语言也都记不起来了，当时只觉得滑稽，好奇妙。还有一位老太太，据说是孩子的奶奶。其他几位都是我的同事或朋友，互相熟识。

当到达了新郎家后，也是令人叹为观止的。四周全是房子，中间是一个花园，花园四周是花墙，墙半高。上面摆满了各种盆景，而坐五号敞篷车的那位老太太和那位小孩子正在用喷壶浇那些盆景花。客人们和新郎新娘也都各自去了，只等中午婚宴的开始。

我端详着这座四合大院，确实门当户对，我很欣慰，真是莫名其妙，与自己无关，却又置身其中，见证着这一切。太阳正午略偏，阳光灿烂，喜鹊翩然。我走出了大门，突然见到了大海，波浪齐排袭上岸来。当潮水退去时，一只大鳄像一块礁石一样露出水面，沙滩上聚集着一群海鸥，当大鳄向岸上冲来，张开大嘴的时候，鸟儿飞了，大鳄扑了个空，随着潮水又退去。好一个壮观场面，又一次突兀地出现在了面前。梦不可再做，见好则收吧？

天堂里的见闻

在一个冬季，我曾走进天堂。

天堂在一条林荫道的旁边。冬季下过的几场雪，层层铺积起来，使天堂一片白色。

天堂的后面是连绵不断的山，也被雪覆盖着。山上的树木也本应该有雪，但可能已被风儿吹落。

天堂里有许多弯弯曲曲的树径或花径。从道旁的入口到天堂的顶部，也有一些石阶可以青云直上，但都被雪覆盖着。雪地上有车轮的轨迹，也有人散步的脚印。

我沿着轨迹和脚印向前，脚下的积雪在咯吱咯吱地响，头顶上的喜鹊在叽叽喳喳地叫。放眼望去，这时的夕阳像一个殷红的球体，露在山林之间，有一种不可言喻的壮观。

走到一棵大树下，在天幕的映照下树枝清清，几只喜鹊在树枝上跳着叫着。这喜鹊只是黑、白两色。我驻足观望，喜鹊叫喳喳。

走在一片竹林边，便听到一群麻雀在竹林中嬉闹。这里是它们的天堂。记得小时候是经常伤害它们的，这些可怜的小生灵，冬天常常藏在树丛里，到了晚上，我们便布下罗网，让它们无计逃“神矢”。

天堂的西边是一片有着飞檐的小楼。远望那一片低矮的房子，已是炊烟袅袅了。这便是天堂的人们居住的地方。

我走在檐下，听到了天堂里人们的对话。

有的说：“我感谢主，他让我们来到了天堂。但我问心有愧，在人间时，我做了许多对不起人们的事情。”

向前走，又听到有的说：“我感谢主，让我来到天堂，但我在人间是有罪的。”问：“如果是这样，为什么上帝还让你到天堂，我为什么不知道你的事情。”男主人说：“为了上天堂，我贿赂了上帝，上帝就在我平生记录中抹掉了我的罪过。”

我听着，心里想：“原来天堂也染了红尘啊。”

再往前走，又听见说：“我在人间也是有罪的，现在来到天堂一切都可以公开了。”问：“那你如何来了天堂？”答：“我和上帝的儿子是好友，所以我来了。”

我听到这里，心想：“上帝也是有私心的。”

我拐了弯，离开了天堂里人们的住地。还是看一看这些悠闲的喜鹊，听一听这些欢快的麻雀，踏一踏这些洁白的雪地吧。

我在那一片平静的雪地上走了许多圈，直到把雪地走满了脚印，方才凝视了一下天堂的上空。

殷红的夕阳已经隐退，整个天堂不再有红色，只有黑与白两种颜色。

那是我们中国的颜色。中国的书法，纸是白的，字是黑的；中国的山水图画，水是白的，山是黑的；中国的传统民居，墙是白的，瓦是黑的。中国五千年的历史文化，影响了整个世界，也影响到了天堂。

这黑色与白色是永远不褪色的。

我喜欢天堂，但不认识上帝，我只是作为一位游客而来，又作为游客而去。但我想告诉上帝：可不能黑白不分或黑白颠倒！

当我离开天堂时，暮霭已降临到人间。

我的幻变

我的胸膛几乎被他们砍得到处是鳞伤。我已喘不过气来了。飞起的尘土已弥漫我的肺。

我怀抱里已几乎看不到鸟的飞翔，甚至阳光也变得犹豫，许多飞行的尘埃阻挡着光的照射，更不必说那夜里的月光和星星，那已是久违了的景象。

但我仍然抱着希望，或许是幻想。我仍然盼望着那只手停止贪婪的攫取，哪怕是一夕之为。

我心未泯。我期待着明媚的阳光，也想看到远古时深邃的夜空，看一看那诡谲星辰的眼睛。

我终于闭上了眼睛，不再寻觅。但眼前的黑暗又浮现出许多亮晶晶的游虫。仿佛进入了另一个国度，和许多人一样，不知来处。任何人，都怕天塌下来，恐慌得不能安度时日，我忽然想起了传说中的杞国。我开一辆车，总也刹不住，我便使劲地踩下刹车，但车仍然无法停下。杞人吃的油条，里面掺入了洗衣粉，膨胀得很圆润，像孩童胖胖的手臂。吃的馒头，里面都掺入了滑石粉，看上去白白的，如一张涂了白粉的人脸。

我要离开，即使是刹不住车，也跑不出去，但我并没有怕，因有众人的相伴。

我已死去，连同这黑暗也一同死去。我进入一个魔橱，我完全沉入其中了，渐渐地走向了另一个世界。

山是青的，水是绿的，人都带着微笑，鸟兽同堂，草花相伴，阳光明媚，月光和星星也挂在天上，一些奇异的云飘在空中。许多温顺的牛马像共享单车一样等你随时牵骑，无声无息地带你去想去的目的地。

我已成为一位仙人，飘然于另一个世界里了。

梧桐树

梧桐树之普通、之朴素、之普及，同白杨树一样，都是民间最喜欢也最爱种的一种树木。

梧桐树长得快、好活、茂盛，所以一般的家庭都可以种得起。过去的几百年间，民间尤其是农家院落中都常常看见那高大挺拔的婆娑护荫的梧桐树。

每到了春天，满树的梧桐花一簇簇的烂漫地开放了，花色微紫，像一朵牵牛花似的长在树上，向着不同的方向发出淡淡的香气。外形犹如喇叭，也像海中的一种鱼，叫墨鱼，或鱿鱼，或乌贼鱼，或螵蛸鱼。

花身一体，瓣分五叶，中有花须挑粉，羞若情窦初开。被系在那长长的树枝上，月来生韵，日来生霞。一串串地簇拥在一起，也像那从水底升腾上来的水泡。

花落梧桐雨，叶生骄阳红。那落下的花儿，见则思风雨。那偌大的叶子如伞盖一般，见之思清秋。花则昭然，叶则硕大。清秋之时，梧桐叶黄落地，重而有声，撼人心魄。秋收无多恐过冬，故有愁锁清秋之诗句。我赞同，但又不完全赞同。梧桐毕竟是梧桐，有花美，有叶荫，有本挺，有枝柔，诗毕竟是诗，有情感，有寓意，有情节，有故事，角度之不同，美则悲矣，丑则幸矣。梧桐有竹之品格，孤高直立，刚柔相济。刚出土时则耿直，一根杆子向天空，憨态如笋，挺若成竹。并不分贫土或是沃土，不分山地或是平川，它都那样地生长着。花一样的艳，叶一样的硕，干一样的挺拔，从不嫌贫爱富，也从不挑肥拣瘦，那种顽强的性格很值得赞美，那种正直的品质很难能可贵。

这就是梧桐树千百年来受到人们青睐的原因。同时，梧桐树也是吉祥、富强的寓意之树。“家有梧桐树，引得凤凰来”，这是一句俗语。梧桐树那种性格、品质、姿态、生机，带给人一种勃勃之气。你细看那串串的花簇，就像那凤凰鸟一样立在枝头。

梧桐树在历史上曾给人以期盼，曾给人以激励，曾给人以教诲。正是如此，梧桐陪伴了国人千百年的生活、千百年的跌宕。雨打梧桐三两声，叶大音强，故在屋中听凄凉。正是这梧桐树使人们期盼凤凰会来的，要生活下去，期盼有望；也激励着人们不论在什么样的环境中都要自强不息；也以其身教诲人们要正直，富贵不能淫，贫贱不能移，威武不能屈，堂堂正正地活着。同时，人们又把悲悲戚戚的伤感寄予梧桐树，让那些痛苦哀怨有所归处。这又让梧桐树的形象进一步升华。梧桐树不但鼓励着人们生活，同时，也分担着人们的痛苦。

历史上许多著名文学家都写过梧桐树。“梧桐更兼细雨，到黄昏，点点滴滴。这次第，怎一个愁字了得。”——李清照《声声慢·寻寻觅觅》。“无言独上西楼，月如钩，寂寞梧桐深院锁清秋。”——李煜《相见欢》。“金井栏边见羽仪，梧桐树上宿寒枝。”——滕潜《凤归云》。“三径从来半草莱，席门那为故人开。自惭不是梧桐树，安得朝阳鸣凤来。”——陆游《又送李舍人赴阙》。“香稻啄余鹦鹉粒，碧梧栖老凤凰枝。”——杜甫《秋兴》。“蹑石攀萝路不迷，晓天风好浪花低。洞名独占朝阳号，应有梧桐待凤栖。”——牛丛《题朝阳岩》。“雨滴梧桐秋夜长，愁心和雨到昭阳。泪痕不学君恩断，拭却千行更万行。”——刘氏媛《长门怨》。“地僻门深少送迎，披衣闲坐养幽情。秋庭不归携藤杖，闲蹋梧桐黄叶行。”——白居易《晚秋闲居》。“梧桐叶落满庭阴，锁闭朱门试院深。曾是昔年辛苦地，不将今日负初心。”——魏扶《贡院题》。

此乃沧海一粟，可见梧桐树承载着许多的喜福与悲愁。给人们许多的希望与寄托。为人们分担着许多的悲伤和疼痛。但是，梧桐树依然那么高大，花儿依然那么烂漫，树叶依然那么按部就班地按时令发芽、长大、发黄、飘落。

夏日的傍晚

傍晚，出门散步消夏，感觉有一种久违了的自由和舒畅。夏日的海风习习吹来，花儿轻轻地摇动，虫儿在浅吟，知了在鸣叫。忽一抬头，发现月亮已爬上了楼顶，像一个大大的玉盘，安静地挂在天边。淡青色的天空里，不见有其他的星星，只有那一轮明月。

楼里人家的灯火渐渐地点亮，光辉从窗口射来。我散着步，数着一家又一家的光明的窗口。渐渐的路上的灯光也亮了起来，像一个调色的画师，给此时一个宜人的色调。这是一天最好的时光，一天的疲惫和辛苦都随着晚风飘去，夏日的炎热和烦闷也被那天上的玉盘散发出的清冷的光辉驱走。这美好的时光，怎不让人向往呢？

我不禁吟诵：

灯光射来，竹影摇地。

脚步踏上，人入画里。

思到无人境，神得闲情时。

蝉声常入耳，红尘不染丝。

花荫出墨香，心静生禅意。

却看落花处，已有红泥诗。

然而，宁静是短暂的，很快就被喧嗓的人们打破了。吃过饭的人渐渐地多了起来，习惯性地走出家门散步，沿着小区内的外线小路转圈子。有的地方中年女人已开始放着音乐跳起了舞，那音乐的旋律和鼓点有节奏地向我袭来，忽又感一阵闷热、浮躁和喧闹。

我忍耐着走了几圈。但我又想，这也是无可避免的。广场舞已无处不在，只要你在晚上走出家门就会听到那具有很强冲击力的舞曲。此所谓安居乐业也。

我再次拐进屋子，独享那读书时昏暗的灯光下的静谧了。

虽食人间烟火气，但谙太虚清凉机。

不问桃源世外津，只作八戒悟空人。

这才感到又一个宁静、宜人的诗一般的境地，正如“瓶花落砚香归字，风竹敲窗韵入书”。

闲时生趣

一

忙也会使人忽视一些事物，尤其是忽视那些闲趣。但当你忙过去时，可能会发现，原来司空见惯的东西也成了趣事，有一些习惯也成了闲情。

许多的草木，不经意中都是很普通的，并没有什么让你感到惊讶的，尤其是忙碌的时候，虽然经常路过，但是从不驻足。

如果你在闲时留心地观察一些草木，会发现许多的美在吸引你，尤其是那些与你长期厮守的树木，将一年四季展现给你。

二

有一种树叫广玉兰，你知道吗？你常见到吗？树的特点你了解吗？在我的住处，有许多广玉兰树，所以我常见君之容颜。

它一年四季常青，大叶子很像一把小蒲扇，一簇簇的长满了枝头，树冠浓密，但常常在树枝间开出一朵白花，静静的，那般洁白，那般厚重，那般大气，那般静谧，如坐落在深山树林中的一座美丽的庙宇里面供奉的一尊菩萨，仪态万方。空闲时，可漫步于小路上，驻足观赏，路边那几棵广玉兰开着花儿，它整个花期都是那么的充满活力和魅力。刚生出时，便像枝条发出的新芽，渐又像白色的饱满的荷包。绽放后，又像大的莲花一样，自然高雅，落落大方，那气质是无与伦比的。虽不是满树的华颜，却有重点的精彩，让人更感到唯美的华贵。

当所有的花卉纷纷扬扬地开放的时候，广玉兰并不为之所动，而是非常稳步的一个一个来到绿色的殿堂展示着自己独有的个性。当别的花卉又纷纷扬扬地飘落的时候，它也并不为之所动，而是按照自己的步履和节奏，独自飘逝，从不凑热闹，颇有独处的能力和从容。当众花卉纷纷落叶时，它也很不以为然，依然透着绿意，即使是冬天也不落叶，那佛掌般的叶片，托着白雪，傲然立在那里，又像是春天到了。

闲时所见，便成了一种雅趣。

三

或许有一天，当你迈出家门时，第一脚便踩在了那落在地面的树叶上。这可能是过去也曾有的情景，然而，今天的闲情却使你有所感悟。那么柔软，那么金黄，那么有意境。你看那棵高大的银杏树，秋天一到，便举着一树的金黄色的叶子，今天有的便落到了地上。这感觉仿佛是一种久违了的情绪，稍稍的有一种淡淡的生命感。这便是一个很美丽的季节，也是一个丰收的季节，天上、树上、地上都是橙黄色的气息。

海棠果压弯了枝条，像葡萄一样，那么多密集的果子；石榴也熟了，笑着，红着脸，在树枝间荡着秋千；那无花果绿色的外衣裹着糖蜜般的红色的肉粒，躲在那佛意的叶子下面，就像一个个罗汉，静心稳坐；那紫荆花从上个月就开始开放，到现在仍然盛开着，一路开着花，一路也在结着果，这果子像小小桂圆的样子，不知是否可食，我没有问津，但我知道那是一颗种子，蕴含着生命。

四

像人一样，当达到一个顶峰的时候，当收获的时候，当新的生命快要诞生的时候，衰败也就开始了。一个原来蓬勃过的生命便进入了冬天。紧跟着过来的，便是那寒冷的霜露和雪花。

这便是自然规律，不可抗拒，并适用于人类和动物世界，植物也同是一样的命运。再辉煌的人生、再美丽的花朵、再强大的力量，都有熄灭之时，都有穷尽之时，真正无穷尽的是历史、是时空，是宇宙、是规律。

五

或许有一天，你走进了那个具有着浓郁历史感的院子里，它的外观是那么的一般，但进入后，颇受感动。这可能是过去曾多次去过的地方，然而，今天的闲情却使你有新的发现。这里布局很有点儿文化品位。四合的院子里是一片草坪，草坪上面立着几根石柱，上面用艺术般的手段修剪了一些盆景花卉。有木、有草、有石，也并不名贵，只是可赏。

欣然之时，受之陶冶。

院子四周是连廊，廊内才是房室，廊内放置着一些茶几，摆放着一些普普通通的、形状各异的、颜色多样的石头，有品位，有趣味，方觉闲情袭来。于是坐下来享受那番茶艺的情调。

一位有着不凡气度的年轻人，是位艺术人，娓娓地给我们道着那芬芳的茶文化。一边也把那茶洗好、冲好，倒进那精致的小杯子里。茶器有紫砂的，有陶瓷的，可谓精美，合着茶色，合着香气，合着周边和谐的环境，颇感美不胜收。

六

忙没有闲暇，忙也没有心情，便也就没有情绪，没有情绪，便失去了一切趣事或趣味。

有了闲情便周边都有了笑脸，便有了那些有趣味的东西，天空有了祥云，脚下有了平坦，心中有了喜悦，眼里有了美丽，事情有了公平公正，脚步也轻松起来。

现代化之说

什么是现代化？

现在许多人见到一座高楼林立的城市，就说是一座现代化的城市。

于是，我就想什么是现代化？什么是现代化城市？什么是现代化国家？

什么是现代化城市？

但至少可以说，高楼大厦不一定代表现代化城市。这一点是毋庸置疑的。我们也经常去一些现代化的城市，楼并不高，当然有些现代化的城市也有高楼，但大部分并不是一片片的高耸入云。

如果把现代化城市看成是高楼大厦，那么我们对现代化城市的理解或概念就完全错误了。这种错误的贻害是极大的。现在许多的城市为了追求所谓的现代化，不停地盖高楼大厦，致使那么多的高楼立在那里，插向天空，看上去好看，走进去却空荡荡。有的还急于求成，粗制滥造，使得城市很不符合人们的愿景。有人开玩笑说我们的城市远观像美女，近看像村姑，再仔细一看像是一只野猪。

可能会有人说香港高楼林立，那不是一个很现代化的城市吗？是的，香港是一个现代化的城市，但那不仅仅是高楼大厦，还有立体化的交通，还有立体化的全覆盖的电信系统，也是全世界的金融和商业中心之一，软、硬两个方面都是现代化的。产业也是现代化的，所以香港是现代化的。但反过来说，如果香港有足够的土地，也不会把楼都盖得那么高。你看美国的圣弗朗西斯科是不是一座现代化的城市？它那里有几座高楼呢？盖高楼不是错误，但是关键问题是要有用，如果没有用，盖得越高反而是很大的浪费。

进一步追究，那么多的大楼用的石头、石子都是劈山劈出来的，对山的破坏是很大的，许多山被挖得张着痛苦的大嘴，如欲食人类。混凝土中用的沙子也是从河流中淘出来的，河道被毁，湖水被淤泥所堵，更不必说那些钢筋、木材、玻璃、铝窗、大理石等，如果细究，那人类罪过就大了。

木材尚可以多用，因为木材是可以再生的，也是很环保的，在国外有些国家是用木料去建房屋的。但木料盖摩天大楼恐不太行。

什么是现代化？

现代化中，还有一个很重要的问题是现代。现代是要有现代意识和现代思想的人去实现，有现代意识的人应该注重环保，注重资源的可持续。那么现代的概念请大家看一看是什么？明白了现代，再看现代化就更容易去理解了。现代就不是传统的，现代是时代发展到最先进的时期而体现出来的生活方式、生产方式，是有其内容的，当然也有其形式。内容是一样的，形式是多样化的。现代化就是在现时阶段，在生活方式、生产方式等多个领域都已实现了现时代最先进的内容模式。如果仅几个方面达到了现代的水平，那是不能称之为现代化的。只有全面、立体地实现了现代的水平，现代的内容已大众化了，才可以称之为现代化了。经济、社会、文化、技术、思想、生态等都有其现代的意义和标准。

所以，高楼大厦并不能代表现代化的城市，高楼大厦只是城市建设的一种形式，而这种形式是多样化的。矮楼也是城市建设的一种形式。在香港高楼大厦已成为现代化城市的一种形式，在西雅图矮楼多，但它也是一座现代化的城市。现代化的城市可能有高楼，但有高楼的城市不一定是现代化的城市。

其实，我们有许多的观念都是片面的，现代化的内容也可能包含在传统的形式中，这也体现了现代的包容性。因为现代是一个发展的过程，传统的东西是现代的基础，是发展过程的一个历史阶段。当今有许多的哲学家把现代描述为一种主义，在现代的后面，又有一个后现代，后现代也是一种主义，而我这里说的现代与哲学当中的现代是绝不一样的。

我是从历史阶段去理解现代的，现代是历史第三个阶段，永远是历史的第三个阶段，第一个阶段是历史传统的古代，第二个阶段是历史的近代。古代、近代、现代都会随着时间推移而改变，现代会变为近代、近代会变为古代等。现代永远是最先进的时代，是人类的现实时代。

什么是现代化国家?

每一个国家都有自己现实的时代，但由于国与国之间发展不平衡，所以有先进一些的国家，有落后一点的国家。最先进的国家一定是实现了现代化的国家，因为这个国家是现实时代最先进的。因此，也就有了一些国家和地区为实现现代化而奋斗的目标，就是以在生活方式、生产方式等多个领域实现现时代最先进的内容模式为标准的。

心绪

又住在了这个客栈里了。

坐在窗前，把窗纱拉上，房间顿时有了明暗适宜的色调。窗外隆隆的车轮声一时强一时弱地袭来。远方是无尽的群山。现在正是深秋，落叶满地，秋雨瑟瑟，整个天空弥漫着湿漉漉的情绪。真是诗人的环境，我也浮想联翩了。

坐在沙发上，倒了一杯茶，拿着一支笔，我有了想写点东西的欲望。

其实，这纸与笔本是一组休闲的道具，摆在那里像是一位可与之倾诉的知心好友。与之相处有一种轻松、愉快和惬意。写了什么，写了多少，并不会有什么的，任随心绪的飘飞。

人总是生活在欲望当中，没有了欲望也就没有了进取。欲望之泯灭也就是心之死亡。我常常有些写点东西的欲望，表明我心还活着。许多事情是美好的，会使你想写一点东西。有许多的事情也并非那么美好，也想拿起笔以针砭之，往往又感觉十分多余。因为，有许多语言和行为，都是徒劳的。故而，很多时候，想写点东西的欲望便顿时消失。

窗外，像一张阴沉的脸。远处的山被朦胧的雾气笼罩着。落叶伴着雨水铺满街道，车轮碾过，带着缠绵的声音，确实有点生活的滋味。看到这些，有些人会有一种愁怨，我则感到一种坦然。看着手头几张白纸，想写点东西，又没有落下一个字，依然觉得收获了许多。

天气如此低调，正和了我的心绪。

我从不认为晴朗才是好的天气，阴沉就是坏的天气。恰恰相反，我喜欢阴暗一点的天空。这颜色是真实的，正和了历史的色调。历史和现实之间，似乎总有些相似之处，再晴朗的天空也有乌云。暗淡的天空，飘着历史的尘埃，也飘着当今的红尘，不像晴朗的天气那样看得清楚，一览无遗。

人们本就是这样的，社会本也是这样。矿泉水透明、清澈、甘甜，人们却并不满足，不认为它是最好的饮品，还喜欢在水中掺杂一些有味道的东西，如咖啡，如茶，使其变得更甜，或更苦，或更涩。这大概就是人们所追求的刺激，还给自己编排了许多理由，以便师出有名，并倡导众人也要有同样的味觉。

这也是合了我的味蕾。难道这味蕾决定了我的心绪？

心情

人的心情如此之重要，心情好时，看到落下的叶子也是美的。当心情不好时看到一切美的东西可能都不会感兴趣。

一天初冬的早上，在家中，那是一个星期六，起来的较晚，拉开窗帘子，金黄的阳光已洒在了窗前的树木及草坪上，给人一种温暖的感觉，其实外面刮着冷风。

无独有偶，那天家里的暖气烧得也很好，少穿几件衣服也感到暖烘烘的，故就下意识地走向客厅把窗子打开。冬天也需要打开窗户让新鲜的空气进来，这很有必要。在窗前有一棵绿色的植物，我便故意绕开了，不想碰到它，怕碰掉枝叶，但还是触到了，有一枚黄色的枝叶落到了地板上。我便自责自己不够小心。也许不怪自己，是到了枝叶该落的时候。

清净而白的地板上，散落着几片枝叶，枝条上面有几片黄色的叶子，周边也有几片从枝条上脱落下来的叶子。在树上并没有看到那几片黄色叶子，突然落在地上而又如此的静美，故便嘱咐家人不要收拾掉。看到这一幕小小的变化，却引起了心情的大波动。

坐在沙发上，用玻璃杯倒上一杯白开水，慢慢地喝着，看着地上的那几片枝叶感悟：观一叶而知秋，虽然是初冬，但是这树木可能还处在秋的时令，从时令看有规律，由春及夏再秋而冬，从植物叶子生长自身看也有规律，由鹅黄到油绿到金黄后零落成泥。天人合一,万物皆如此。每一个事物都由弱到强，再由强到弱，最终消亡。尤其是走过了强大之后的衰亡阶段要珍惜、要关爱。许多历史上的文人都赞扬过终极之爱。“落红不是无情物，化作春泥更护花”“零落成泥碾作尘，只有香如故。”“人生莫过夕阳红。”每一个阶段都值得去欣赏，当你沿河流寻觅水源的时候，看到的首先是波浪滔滔的河水，再看到的就是那静静的渊潭，再溯源就是那气势磅礴的飞潭瀑布，再上溯就是那几道潺潺的山间小溪。哪一段不令人感到美呢？你再看一看那大平原上的麦苗，冬季刚出来时像灰绿色的地毯，开春后又焕然一新，麦浪滚滚，到了夏日便是一片金黄，收割后，麦捆躺在地上也有一种收获之美。再到人生的每一段，孩提时被捧在手上、抱在怀里、牵在身旁，天真而幸福。童年时玩着那些玩具也是如痴如醉，但当你长大了上了学以后，会逐渐地把那些当初爱不释手的玩具放下，而去刻苦地学习、长本领。当你走过那一段孜孜求学的时期，你会感到值得追忆、值得怀念，虽苦犹荣，而难以忘记。当参加了工作时又会去为事业而奋斗，有孩子又多了几分责任。当老了时，又多了一些挂念，多了一些淡定。

都是美的，童年有天真之美，青年有青春之美，壮年有深沉之美，老年有沧桑之美。当你拥有了沧桑的时候，也就拥有了一切，也就没有了遗憾，因为至少曾经拥有过天真、青春、深沉。但到了老年已不再拥有了，一切都不可能是永恒的。知道了这个道理，也就有了淡定，才真正懂得了生活。

雪赋

雪，一年四季，有三个季节见不到你，只有到了冬季才能见到你的身影。

正值万物凋败、萧瑟一色的时候，你就来到人间，洒落在万物之上，又使万物添了情趣。

冬天那炭一般的颜色，是你给了她洁白。

春天是明媚的、夏天是和暖的、秋天是殷实的，都不需要你的慰藉。

春天有红花的陪伴，夏天有绿叶的陪伴，秋天有果实的陪伴，冬天如果没有你，那会是怎样的孤独！

你为了不让冬天孤独，就在冬季来访问大地了。

你的温柔让冬天变得更加任性。

冬天那凛冽的寒风带着音响肆虐，但你并不计较，总是随着风儿落到树枝上，变作各种形状，以丰实冬的色彩。

你的到来，无论是脚步蹒跚，或是脚步匆匆，都给人间一种新意。

在灰色的苍穹下，走路的人们，忽然看见你淡淡的影子；品茶的人们，忽然发现窗外你在纷纷地飘飞。清晨醒来的人们，推门发现你已厚积如毡，这都会给人们带来欣喜。

我曾多次赞美过你，也曾写过一首诗，名字叫《赋雪》："雪花飞成纸，研墨来书之。方家俯身始，笔笔出多姿。"

俗语说："普降瑞雪。"漫天飞舞，万里一色，这是何等的壮观！

雪，你是大度的。

你可以飞落到山峰上，也可飞落到山谷中。无论是乡村或是城市，皆可立足。

你不分贫富，不分贵贱，一视同仁。

你在装饰他物的同时，也会以示己美，以存自身。

你总能营造一种诗人的环境，所以许多的诗人都为你讴歌。

你是否记得？有一位大诗人柳宗元写过一首诗："千山鸟飞绝，万径人踪灭。孤舟蓑笠翁，独钓寒江雪。"

你是否知道？总是在你来的季节，农历年也如期到来。

人们就燃放红红的爆竹来欢迎你，来挥别那逝去的旧岁。

爆竹一声响，红粉满地落。斑斑胭脂红，朱色染白雪。

当你走的时候，人们又点亮大红的灯笼，为你送行，故人间就有了“正月十五雪打灯”的谚语。

灯笼红着，雪花飞着，人们穿行猜灯谜，这是人间和上苍的交流。

人们站在大地上，雪花从天上飞来，那灯上的谜，就带有了天机。

你走了，年就过完了。

人们又重新回到了从前，又开始了春种夏耕、秋收冬藏。

世界就这样如此轮回，你总是如期而至。

雪，飞吧，飞吧！肆虐吧，肆虐吧！你可以弥漫窗口，你可以弥漫前途。我只想看到你的影子。

飞吧，飞吧！弥漫吧，弥漫吧！你可以覆盖世界，你可以覆盖一切炭色。我只想看到你的洁白。

飞吧，飞吧！覆盖吧，覆盖吧！你可以永远沉睡在大地上，你可以永远沉睡在我的屋顶上。我只想看到你的光泽。

飞吧，飞吧！沉睡吧，沉睡吧！你要像高山上的积雪一样，永远不再消融。我只想看到你的雄姿。

雪，飞吧！肆虐吧！弥漫吧！

小村落

在这个村落，他已居住了很多年，从青年时代开始。每一位村长上任时，都会讲上一番施政的说辞。他很是信任着、期盼着。

但村子并没有改变过，依旧很穷。这也应感谢那些村长们，是他们保存着村落的原始状态。污水仍然用盆泼洒在天井里，吃的水仍然挑着喝，倒是不必担心中途污染。这是村民的“幸之所在”乎？

周边有几个村落，已被打造成仿佛是一个城市，楼房已经建了起来，有些富人都住上了别墅。那些青砖黛瓦的四合院子，带着许多记忆和许多堆叠的脚印，被高楼所埋葬。这是村民的“福之所倚”吗？

虽有许多村长指责前任村长的无能和无为，而表明自己的雄才大略。但最后都唱着同一首歌，走进了同一条胡同里。

开始村民还有许多的要求和企盼，都曾热血沸腾，但后来都失望了，不再言语，各自打起了自己的算盘子。不再把希望寄托给别人，自己奋起行动了。

于是小伙子们外出打工挣钱去了，姑娘们都嫁到外村去了。只留下那些宿命者，任风水所赐。许多的年长者都在大街上晒太阳，望着耸立着高楼的那些地方，冬天紧扎着棉衣，夏天慢摇着扇子，苟且平安度日。

而那些高楼的村子里，是那些村子里的能人，把一些神秘的产业搬了过来，水的颜色也变了，风的味道也变了，钱兜鼓起来了，故村民都说风水好啊。但许多人在不合适的年龄被神秘地送上了天堂。

有些村子里的村长，已是耄耋之年，已任村长几十年矣。虽然村子改变了一些样子，但百姓并不满意。他自己也说应该让位于年轻人。但却一直稳稳地坐在那把交椅上。为何？悲哉？

几十年来，每每坐下来，说的都只是那一件事情：建了一座庙。听得人的耳朵都被磨起了老茧，但许多人都附和着、赞扬着。不知道是否正确。

他不知道哪个村子好，哪种风水好，哪个村长好，哪里的村子居民活得好，他曾努力地思索过，但仍感到问题的复杂，终于放弃。

园林

园林是一个多么美的词啊！一说起园林，人人都会想到树木巧布、建筑错落、曲水流觞、桥廊相接、高台点缀、鸟语花香，是一个非常宜人的环境。

中国园林萌发于商周，成熟于唐宋，发达于明清。可谓有着悠久的历史渊源了。园林已演变为一种自然与人文相容的文化。

但现在人们心目中的园林，也已发生很大的变化了。园林已失去了过去那种园林的品位了，更多的是邯郸学步，把外国的东西拿来使用，但又没有用到好处，自己也失掉了中国园林的风格。而且过去一些园林也被破坏掉了，去追求一些新的东西，这没有错，但优秀的传统的东西不能被冷落了。

现在的园林，缺乏许多园林的特征。园林最重要的一点是“精细”，如果失去了“精细”那么就不能称其为园林了。园林中哪里放一块石，什么石？哪里栽一棵树，什么树？都很讲究。一草一木一石一廊一亭一台一桥一檐都很精细。我是许多年没有看到真正的园林建成了，看到的仅是高楼大厦。

江南的园林，是很有名气的了，以苏、杭、沪、宁一带的古典园林为盛。像苏州的沧浪亭、狮子林、拙政园和留园，是有名的“四大名园”，都是很传统的了。苏州园林的美也曾有一部书《品园：良辰美景奈何天》描写过。被称为一个诗人的生活的梦境。

北方的园林，也有许多有名气的，多集中在北京、洛阳、西安、开封。江北一到了冬天，便失去了许多颜色，要达到园林的效果那就更有了味道，这很不容易。

北京就有许多古建筑园林，高高的参天大树上，叶子落尽，尽是清清楚楚的枝条向着天空，鸟儿在树枝上鸣叫，高高的树下，有许多的松柏、冬青，依然绿得可人，在落雪中绿着，在寒风中绿着，几条流水，弯弯曲曲地通向幽处，路傍奇石，花木倚斜一侧，枝头探出，横向小路中央，仰首相抵，颇感幽静。人们身在其中，与树木花草可语言交流，可对视静默，可欣赏赞美。

有一部《岭南画舫录》是朱千华先生关于岭南古典园林文化的随笔集，从岭南古典园林的历史、结构、意境、特色等诸多角度解析了古典园林的秀丽景观和内在的精神含义，现在读来仍给我们以美的享受、以人文的熏陶。古人的审美视角与开拓精神仍感染着今人，正如叶圣陶先生的评述“熔哲、文、美术于一炉，臻此意境，钦悦无量”。

岭南园林类型具有热带风光，优于北方和南方，现存岭南类型园林有著名的广东顺德的清晖园、东莞的可园、番禺的余荫山房等，都堪称人间天堂。

北方、江南和岭南的园林，是风格各异的东方园林的典范。东方园林基本上是写意的、直观的，重自然、重情感、重想象、重联想，重“言有尽而意无穷”“言在此而意在彼”的韵味，是私密的、幽静的、曲折的。

西方园林则基本上是写实的、理性的、客观的，重图形、重秩序、重规律，以一种天生的对理性思考的崇尚而把园林纳入严谨、认真、仔细的科学范畴，讲究一览无余，追求图案的美、人工的美、改造的美和征服的美，是一种开放式的园林。

园林本就是人们居住的一种环境，是建筑与居住的融合，是非常必要的，如果没有了建筑，那么园林就失去了灵魂，失去其存在的意义了。

当然园林也要创新，传统的园林优势要传承、要发扬光大，但创新也是有必要的，要使园林更好，更宜于人们居住，更宜于人们心情的欢愉。但创新的成分也要坚持一个“精细”，只要“精细”，损失一点园林的特点，那也无妨。如果把传统与现代结合一下，精细再精细，岂不是更好吗？园林中有一个互联网吧、有几个咖啡厅岂不是更好吗？在水边、在树下、在石边、在檐下放几把休闲椅，放几个休闲几，旁边设置几个电源插座、网络插头，坐下来，摆一个电脑，上网浏览一下所需的信息，岂不是很惬意吗？

我们越有钱，越没了品位；越有钱，越现实化了。只要能避风避寒就可以了。园林早被人们抛向脑后，丢得无影无踪了。更有甚者，把已有的园林破坏掉，改造成了菜园子。

在阳光里

清晨立在窗前，看到冬日里的这座古老的城市，一片肃杀。东方清冷的建筑背后是一片暗红色的天空。暗红色的天空之下，是那片清冷的建筑，高矮不同，错落无序，逆光中仿佛是一个古城堡似的，确有一点深沉和朴素的美丽和壮观。

那暗红色中蕴含着一轮蓬勃欲出的太阳，就像光明的马驹正在升腾着，正欲奔腾而出。渐渐的，那四射的光已不是高楼大厦所能遮掩得住的了。我站在窗前，觉察不到窗外冬天的寒气，只感到那遥远红色的天宇的温暖。

这座古老的城市几年前常常雾霾很重，看不见楼房的形状，只看到半截，犹如高耸在高远的天空。现在却不一样，看上去空气还算清新，它塑造着一个刚毅的古城堡，远处楼宇的高低显现出像长城一样的凹凸线。

终于出来了，一轮红日，光辉四射，一时，驱逐了那片建筑的神秘，光芒洒在了我所站立的窗子上面，窗子上的玻璃把一部分光折射到了对面，一部分光透过玻璃，直扑我的脸庞，眼睛也全都埋在这红彤彤的光芒里，什么也看不见了，我也索性闭上了眼睛，但光仍透过了眼帘。

思想的翅膀在飞翔，越过了千山万水，飞上了雪山高峰，寒气袭来；飞到了无垠的草坪上，阳光洒下；落于深谷，坠落坠落，好一个万丈深渊。我睁开眼睛，阳光洒满了整个房间，但光线与玻璃窗已不是垂直地射来，而是有一个角度，这一角度使我看清了窗外的楼、树、路和车，光辉照在它们身上，又使我感到温暖。

阳光总给人以温暖和信心。

我走出楼门，来到院内的小花园，高高的松树下绿色的小草都在阳光里，但寒气还是向你袭来，不过阳光里的花园还是很令人感到惬意的。只是那石凳和石桌子，虽然阳光也毫无例外地洒在上面，但仍让人感到仿佛是寒光，故也并没有人去占据，只是凉凉地摆放在那里 。

休闲的时间很快就过去了，一天的忙碌又到来了。在这座古老的城市里办事是来不得急的，一上午干一件事就算是高效率的了，故也就安稳地坐在车上，人车无奈地堵一堵、跑一跑，自己则向窗外望着阳光泻在什物上。许多的建筑物变成了金黄色，有些楼宇上的玻璃窗子，把光折射向了别的楼宇，仿佛是一个关在窗子里的太阳，光芒亮亮地刺着你的眼睛。

光从早上到中午，由红变黄到金色，给人带来快乐和喜悦，车轮碾着阳光，车身沐浴着阳光，从一条充满阳光的街道，奔向另一条充满阳光的街道。那些古老的建筑，灰色的瓦片在阳光下，也很耐人寻味，给人一种传统的家的温暖的感觉，而那些大楼则在阳光中显得更加现代，给人一种现代社会中工作的忙碌的感觉。车到了目的地，停在阳光里。再次上车时，车子又被阳光抛进了阴影中。

虽说阳光是普照的，但总有一些阴暗与阳光周旋，大地是不平的，有坎就有阴暗。再加上人类自己盖了那么多高矮不同的楼，制造了许多阳光照不到的地方，在室内室外都是有的。有时阳光照到了，阴暗又跑到了另外一个方向去了，扑抓不着，总与光明周旋。

但想来人是需要黑暗的，不能一切都暴露在阳光之下。

阳光总是给人永恒的向往和希望。

万物生长靠的是太阳，没有太阳的日子，是可想而知的，那是世界的末日。在一年四季里总是有阴雨连绵的时候，有风雪交加的时候，有酷暑与严寒，但人们都因有太阳而没有被吓倒，虽暂时没有阳光，但人们知道阳光在心里，终有一天会出现的，故人们也就笑看那些没有阳光的日子里的种种现象和窘态，甚至去欣赏它们。

天人是合一的，对自然来说太阳是希望，对人类来说太阳不仅如此，还象征着正义。虽然太阳会暂时被云雾遮蔽，但是一定会有云开雾散的时候，正义也必定会战胜邪恶，邪恶不会永存。太阳的出现也永远不会是静止的，阴暗就永不会在某处长驻，太阳可能不会消除阴暗，但会驱逐其到处躲避，使其无处藏身。

车又开始行走，走在阳光里，走在光洒满的大街小巷，光明永远是我们的伴侣，我们沐浴着阳光，我们心中也充满了阳光。

自然的感觉

天气阴沉，已经下过了一夜的雨。经过雷电和狂风暴雨洗礼的世界，随着晨曦的到来，露出了崭新的风貌。洁净无尘，如出水的芙蓉。

这本是世界的颜色，却一度被滚滚的红尘所沾染。

风也好，雨也好，雷也好，电也好，也许这就是大自然之自我完善的行为现象。它们在抗拒着人类的所作所为，不断地自我救赎。

走在街上，那种清凉气，虽然没有阳光，但使人也为之精神焕发。环境的变化会使人的情绪发生变化。沐浴者必振衣，喜庆者必弹冠。

我喜欢这样忧伤的天气，可以使自己融入这低调的自然当中，可以使自己的身心在这阴凉的氛围中得到滋润和生息。

人们常常称阳光明媚的天气是好天气。当人们一出门或一抬头，看到阳光灿烂、白云飘飞，便会不自觉地说：

“哦！今天的天气真好！”如果出门或抬头望不见太阳，或是阴天或是雨天，人们也会不自觉地称之为“坏的天气”。

其实，这也是人们一种习惯的表达，是人们思想的一种偏见。可能雨天会妨碍自己的行动，或给自己出行带来不便。但雨天对于干旱的田野里的禾苗，对长期干旱的山川里的草木，那就是好天气。古诗有云：“好雨知时节，当春乃发生。随风潜入夜，润物细无声。”

由此引发出更深层次的思考，阳光是好天气，城市是好环境。这都是人们思想的偏见。反向思维去实践一下，在阴雨天出行或去郊游，或许你会收获另一种心情和快乐。

有些人喜欢那些人工铺就的草坪，而并不喜欢那些丛生的杂草。在这一点上，我们也可以逆向思维而去实践一下。不过这一点在日本早已迈出了抢先的一步。日本有些城市道路两旁的绿化都保持了原有的丛生的杂草。人工的草坪是一种风格，丛生的杂草也有一种风姿。杂草的多样性、杂草的生命力，都是草坪无法比拟的。草坪维护的成本，这也是杂草无法比拟的。我对杂草却有一些偏爱。我喜欢在阳光的天气里到郊外休闲，也喜欢在雨天里到郊外的野草中散步，即使雨水会打湿我的衣裳。

曾经记得一个阴雨天，我驱车来到郊外的海边。在防护林和沙滩之间，有一片广阔的滩涂，上面长满了各种杂草，绿油油的，长得很茂盛。大多是我叫不上名字的。有一种草叫艾草，我还比较熟悉。那是小时候常常去野外采摘的一种草药。而当今脚下的艾草，便有了另一种意义的喜爱，自由烂漫。也使我第一时间想到了端午节，每家每户的门前挂着的艾草。人们是用艾香和粽香来纪念屈原的。我顺手掠了一把触在了脸上，顿时两颐便生发出艾草特有的正气。艾草驱蚊虫、驱邪气，故也受到人们的青睐。屈原投汨罗江而死时，正值艾草茂盛之时，故人们也就把艾草作为了屈原的象征。因为艾草也长得正直不曲、不斜不蔓，总是直立着向上生长。因为艾草正义驱邪。

望着这一片丛生的野草随风起伏，有一种久违了的感觉，亲切而心悦。艾草，她的存在，更使我的心情逐浪高涨。这里一边是黄色的沙滩，再远处是哗哗涌动着的潮水，另一边是黑松林，在高高的岸上，黑松林的上空有几幢楼房露出楼角，很有点美感。只有海燕在阴雨天从低空掠过，而周边空无他人。脚下的杂草，如此可爱，在其中有一条明显的车辙，但并没有妨碍那些野草的生长。我也想起了“离离原上草”的古诗句。

很可惜这些丛生的杂草已远离了偏见而傲慢的城市，正如屈原已远离了浮躁而浅薄的社会一样。

走在路上

早上起来，把窗帘拉开，突然间发现地面上铺着白雪，薄薄的一层，雪花很碎很细，在窗子前卷飞。淡淡飞舞的雪花远观却无，近观才知道外面雪花正在飞。

不曾知道今天有雪，故把行程由空中飞改为地上跑，也不失一种好的方式，因为飞机总是在你着急时姗姗来迟，不管你有多急，不管你的前程是什么，飞机总是那么沉稳地翩翩而至。有时可以让你坐等上几个小时，如果没有点耐心，你一定会精神崩溃。所以既然如此，不如自己租一辆车自由自在地赶路，说停就停，说跑就跑，快点慢点都是自己说了算。但偏偏今天下起雪来，老天在跟我们开玩笑，你害怕飞机晚点，乘车就让你来个地滑。我们也只好如此，将计就计，一边奔前程一边赏雪，那不也是一件快乐的事情吗？

于是也就以此美好的心情踏上了路途。一路确是很美的，一开始天朗，雪飘洒在山野间，看上去像是中国传统的山水画卷。那山水画卷是在平面纸上画成的，而今由雪花绘成的画，却是立体的、不重复的、变幻着的画面。所以一路地走一路地看，一路惊喜不断。

这条从洛阳到太原的高速公路，穿过许多山山水水，为通车而凿隧道、修桥梁，故此路多桥多洞。每经过桥面时，都会有白色的积雪，车就格外小心翼翼地跑。很怕滑向桥下，不是桥的路，由于大地温度，雪则化作雨水，就这样一段一段的。一会儿是雪铺的桥面，一会儿是水洗的路面，就这样交替地进行。所以车无法撒欢，进入隧道时，又暗也不好跑快，不知洞口出处是桥还是路面，故车都在较平稳中前行，不敢撒欢。

因天气形成的美景令人饱览无余，那幅自然画卷中一朵朵的白色花朵，那一片片白色的原野，那一幅幅斜坡悬崖，那一片片雪花穿行的树林，那白茫茫的天空都成为我们车跑得慢而我们不急躁、有耐心的理由。除了那大片树林，还有路旁立着的孤独的树，那斜立着的如盆景一般的树等都会令你有一种美丽的新鲜感，有时车进入了崇山峻岭，也会使你感到雾气弥漫，如入仙境，别有洞天，一片新的气象，在这气象万千的地方，不由得精神振奋、情绪爽朗。

一路上下着雪，但车跑得不快，很是平稳，只是吃过了午饭以后，跑了没有多远，前面的车就排成了长龙，已经挪不动了。

等挨到跟前，下车问了交警才知道高速前方有冰路滑，且大雾弥漫不能行车。但许多车并不甘心，都在那里等着警察放行，警察只是重复着说前方有雾，路上有冰，不能行走，请下高速走另一条道路。人们一看也无法，只好调转方向，一齐又涌入出口向支路驶去，但哪里挪得动。前方路口处要收费，下高速自然要交费用，天经地义，所以车辆一个一个等着交费过关，车一排排都亮着红灯。眼看着天色将晚，远处的树林生烟。这时车里的人们都屏着气无有言语的，耐着性子。

当初改天道为地道时也没有想到会被堵住，也未想到下雪会带来不便，这下可使我们的心理平衡了。飞机与车辆，雪的美与雪的烦都互相的抹平了。

但我们走出了收费站后，又猜想这是地方保护主义，为了让那一站的收费口有收入、有效益才那么做的，这是人为非天气故，不过天气为其地方保护主义提供了客观的理由。因为我们一直在高速上跑为何突然结冰，同时高速结冰，下道却未结冰，断没有这样的道理。一下子心理又不平衡起来。下了路走了一段进入了霍州又调头上了高速，到霍州算是到此一游，霍州进口处一个大的箭楼，是一个故宫式的建筑，这霍州可能是一座小古城，有一定历史，也许不是。由于下了雪，地上都是黑色的，山西产煤无不有这标志。这次之行的目的地是晋祠和平遥古城，从霍州到平遥古城还有90公里的路，恐怕只能看古城的夜色了，白天走的时间不足可用黑夜的漫长来补充，我充满着一种向往。但大家决定不再绕路到高速，就沿着108国道前行，一边是大山，一边是平川，山上有积雪斑斑，川上有水潭明镜。一会儿山近一会儿山远，最后走向二山之间，一边山近，一边山远，山远的一边有一条河流，就沿着108国道前行，直走到灵石，路就走在了水中央。这里几条河流纵横交错，路在桥上铺，两边的山越来越近，车仿佛走进了葫芦峪。前方两山之间有一条水流，这桥拐着弯穿过一条隧道走了出来。但仍然一边是近山一边是远山，远山的一边是一条溪水。山上积雪依然是白得令人注目。虽然是下午不到黄昏时分，但是犹若黄昏，雪气苍茫，山峦叠嶂。突然山壁上出现了一些窑洞和民屋建筑，如入世外桃源，但一些门头上仍有着灵石的字样，看来还没有走出灵石。但手机里10001电信信息告诉我榆次的有关信息时大约是四点钟，到四点半时晋中的信息又到，到五点钟时，吕梁信息来到。暗淡的烟雾开始笼罩着四野，车灯开始亮了起来。

仿佛这里是一马平川，已看不见山色，我想平遥也许快到了。因为已没有了山，“平”已在眼前，但后边一个字是“遥”，差点忘了，司机说：还有50公里到平遥，心里念道：“啊，‘平遥’。”

雪的美意

大雪舞青松，两色对白中。松枝随风动，轻轻把雪拥。天冰赋地冻，路滑复寒空。铁甲气冲冲，歪头堵路通。车人急汹汹，叹气又捶胸。孩子把情纵，雪中乐融融。门前培雪童，树下玩雪宫。

生活在这里的人们，每年都能够欣赏到雪的美丽。

每年的冬天都有许多场雪。今年也毫无例外，大雪又飘在天空了。

有时一飘就是一天一夜，厚厚的积雪铺在路上、树上、草丛上、房顶上，给人们一个全新的洁白的世界。

每年都是如此，心情是否会平淡下来？没有，每次看到雪花飞舞都是那样的欣喜若狂。每当打开窗帘，看到外面飞舞的雪花，看到洁白的积雪铺满路面，都会感到一种美丽，感到一种快乐。

其实，雪并没有因为我们的情绪而改变她以往的性情，仍然那样的洁白，那样的轻盈，那样自由地飞舞。

有时她为了给人们一个惊喜，便在夜里人们进入梦乡的时候，悄悄地飞来装饰这个人们已经司空见惯的、有时还不免厌倦了的世界。当人们从梦中醒来走出家门时，仿佛进入了另一个世界，美不胜收，不禁大喜，并用现代化的机器拍下一段一段的美景，互相传递着，甚至传向远方。正如过去，人们奔走相告一样。

雪，总是一以贯之，深入的，沉着的，持之以恒的，不管是有人欣赏，还是有人嫌弃，总是尽情地舞蹈。你看吧，即使有人早已做好了清除它们的准备，但它们仍然义无反顾地飞落。有时还很执着，还很任性，成群结队，密密麻麻地一直在飞、一直在落，让你扫不及、清不完，大有前赴后继的勇敢。被一堆一堆地堆在路旁，堆在院子里，或被雕成雪人或冰灯，无论怎样地处置，它都无言，都以不同的形式展示其美丽。这高尚的姿态，实在是令人钦佩。

但是人们仿佛更任性，大喊着：什么也挡不住我们的脚步。雪再厚也要出门，雪再大也要行车，雪再肆虐也要户外忙碌。可怜的人们辜负了雪的一片心意。雪是想：大雪封门，人们忙碌了一年可在家中以逸度日，以便来年冰雪消融，再户外劳作。然而人们却没有季节之分了，一年到头的忙碌忙碌、收获收获。人类没有认识自己的贪得无厌，反而却憎恨这雪，抱怨雪耽误了交通，埋怨雪耽误了买卖。

这雪的美意也便完全的明珠暗投了。

冰雪的天地

童年的时候就经常收到来自东北冰天雪地里的问候。我有一个姨闯关东来到了东北，当时东北是非常富有的，她经常邮寄来一些东北的特产和东北特有的防冷的靰鞡鞋。当亲戚从东北回来，又给我们讲起大森林、小松鼠、熊还有梅花鹿及猎人的故事，以及冬天里雪的场景。所以小时候就产生了对东北冰天雪地童话般的世界的向往。

高中毕业了，考上了大学，我第一志愿报考了东北的一所军事院校，想象着来东北享受一下这个冰天雪地的世界，享受那透骨彻肌的淋漓的寒冷，不免有些兴奋。也想独居这个天涯的一隅，认真地去研读军事工程以便将来报效国家。然而，却被一所师范大学录取，那时候师范大学是优先录取的，不管你是否申报了志愿。因此，在不知情的情况下，突然收到了师范大学的录取通知书。

这一次没有来到东北自己略感遗憾，但是，当我得知被师范大学录取的消息的时候，依然感到兴奋激动。当时家里贫穷，师范院校每月有生活补贴，也给家里减少了一些负担。

人生有许多的事情，是不能够完全由自己把握和控制的。努力加上天时才是命运和前途。但一切都是最好的安排。

大学毕业后，我去过几次东北，那也是很迟很迟的时候了。不过都是在明媚的春天或是绿色的夏天，最晚的季节也是在秋天。去看过美丽的太阳岛、著名的天池，还有长白山、鸭绿江、大森林。虽然每次去都是匆匆的，但是给我留下的印象却是很深刻的。

直到有一次去哈尔滨工程大学，那是一个冬天。飞机着陆，一个向往已久的童话般的世界撞于眼前，一片洁白。树木、大街、建筑物，都已不见了真正的颜色。尤其那些草木被一层白色的冰雪包裹着像是用银子做成的，那么庞大，那么一望无际，我的心真的有点震撼了。心里想这下可好了，我可以踏在咯吱咯吱响的积雪上面了。这听起来是足够的浪漫，可是那彻骨的冰冷却会迅速地透遍你的全身，当然，这也不失为另一种罗曼蒂克。

傍晚夜幕降临，借着路灯的光明，我踏上了雪地，但是路上的雪已被人们的车轮碾得平滑，在灯光下发出冷清的光，已没有了那咯吱咯吱响的悦耳声。也许这就是生活，现实总没有理想那么浪漫。我于是偏向了路边的雪地，在这里仿佛找到了我理想的感觉，咯吱咯吱咯吱，我愿意这样走下去，虽然寒冷，但却很有节奏感，可以留下深深的脚印。晚上的空气完全地被雪凉透，射来的灯光也增添了几分寒意。这一次我充分体会到了冰雪世界的寒彻。好一个寒冷的北国。

当我返程的时候，城市到处是浓浓的白色的雾霭，树上是白色的冰挂，天空白得迷蒙，地上是白色的冰雪，四面八方都是雪的世界。飞机不能飞，许多的旅行者被阻隔在机场或城市里。都说人定胜天，在这个时候，大家都束手无策，只好等待天公的笑脸。这倒是给了我一点时间，尽情地徜徉在自己向往已久的冰雪的世界里。耳边响起那一首歌《我爱你塞北的雪》。

又有一次也是冬天来到了东北，这一次是落脚沈阳。虽然没有上次寒冷，但温度计仍显示室外温度是 -20℃。不过没有雪，当地人感到有些遗憾。这么冷的冬天没有雪，略有些逊色。我冒着严寒，参观了沈阳故宫、张氏帅府。这又使我的遗憾增添了几分。这么壮观的帅府又有何用？不也是被侵略者的铁蹄踏了吗？我有一种说不出来的滋味。

油然想起了那些令人崇敬的民族英雄。虽然身单力薄，虽然弹尽粮绝，但仍然跋涉在林海雪原上，与敌人浴血奋战，直到献出最后的一滴血。杨靖宇是也。

我离开沈阳，到了梅河口。路上，看到了有序的原野，被收割了庄稼的田地那么洁净，山没有被破坏，树木没有被砍伐。我看到了东北大地的希望。到了梅河口，我又看到了一座小城的繁荣。虽然是冬天，但是我并没有感到萧条，却发现处处涌动着一种生机，涌动着一种活力。到了晚上炫动的城市又有了缤纷的色彩。

离开梅河口，我们来到了长春。路上又看到了同样美丽而有序的原野。路边已有了雪的消息。到达长春时，终于看到了厚厚的积雪。人们已经开始用冰雪来雕刻大型的艺术作品。我踏着咯吱咯吱响的积雪，走进了伪满洲国的皇宫，末代皇帝溥仪工作、生活了十三年的地方。十三年里发生了多少的故事？我看到了历史的悲哀。

这里寒冷的冬天是怎样度过的？这里有过春天吗？一年四季都令人寒心。但是春天已经到来了，我们应该保护好这些历史建筑和文物，以此为鉴。

一边走一边看，还写下了如下一段文字：

多少宇台人去楼空，多少贤达事败公众。
遥想溥仪，三岁萌萌坐皇宫。
六岁却破皇帝梦，二十六岁伪满洲国里作绥靖。
到如今，楼中什物，为后人唾笑留物供。
匹夫尚虑家国兴亡，何曾问身后名功？

大人物须立正义之名，事事当以天下为公。

不失士节，不应与匹夫为伍。

这天气异常寒冷，我仿佛被冻僵了，感到身体极大的不适，想呕吐。当走出伪满皇宫博物馆大门时，我不自觉地裹紧了衣服，匆匆回到了住所，放满一池的热水，把自己的全身投入了进去，使自己慢慢地恢复。

眼前升腾的热气和窗外清冷的寒气，就像那无形的魔鬼不断地幻变着。正像那些历史的片段总是萦绕在人们的眼前一样，挥之不去。

冰雪是寒冷的，但是比冰雪更寒冷的物什还有许多。冰雪的寒冷是单纯的，只能冻僵人们的肉体。而那些物什的寒冷却是复杂的，连人们的灵魂都可以冻僵。

杂物如故旧

几移居所，杂物堆满了杂物间的地面和书桌。每天惦记着：如有时间便收拾一下这混乱的环境。但一年又一年过去了，并没有付诸行动。

有时刚刚有了一个“收拾一下”的念头，一转身却意兴阑珊。有时刚刚开了一个头，便又放了下来，没有改变一点点混乱的局面。有时收拾了一番，不但没有一点好的转变，而且更加糟糕了。就因为那个小包裹被打开后，许多小的物件，如书本、文具，又被释放了出来，一看便面有难色，由于时间的限制，也就只好暂且放在那里，敞着口子，一片混乱，不堪入目。只好转身离去，心里想：眼不见心不烦嘛。

这一个小包裹的打开，就像打开了《魔鬼与渔夫》中的魔瓶，溜出了一个大大的魔鬼。又像是潘多拉魔盒被打开，什么瘟疫、灾难、疾病等都被释放了出来，以至于使你惊慌失措，慌忙把魔盒的盖子盖上，却把希望也关在了魔盒里。

整理它们是慢工夫，需要消耗大量的时间。但由于时间有限，我并不想与它们纠缠，有时想干脆把它们统统地扔到垃圾箱里去，留给那些拾荒者去整理得了。但也并不那么简单，还有一些担心，怕扔掉有用的东西，又不敢那么一丢了之。于是不得不花些时间去仔细地过滤一遍，这样也使得许多的时间付诸流水，偶尔到了旋涡之处，可能还会多周旋一些时间，有时会完全落于暗流之中不能自拔。

家务不重累死人。做家务不出活，感觉很辛苦，忙忙碌碌不见成效。家务也有高低端之分。收拾这杂物间，却是家务当中的上等活儿，是一件累并快乐的事情，但提到效率就微不足道了。收拾杂物是需要有文化的，也需要有欣赏力，需要有鉴别力，要把握该扔的扔掉，该保留的保留，这可不容易。有时我会感情用事，该丢的也不丢，不该丢的也留了，就这样成全了它们。但心里还是惦记着：收拾收拾，一定要彻底地收拾收拾，给环境以洁净，给人以落脚的空间。但一年又过去了，还是没有彻底的改观，收拾变成了一件心事。

这一天我下了决心：今天一天把时间给这个杂物间，以便换取这个杂物间的秩序和空间。心里想着：有的东西一定要扔掉。因为有许多的东西总是占据着有效的空间，发挥着无效的作用。但是每次收拾，这个也舍不得丢，那个也舍不得丢，尤其那些笔记本儿从一开始工作，便记下了一些事情、一些思考、一些好的语言或警句，是不能丢弃的。不但没有丢弃，而且醉在那里，翻着一页一页地读了起来，一翻便是半天。半天过去了，常常不是我丢弃了它们，而是它们往往会把我的时间给丢了。没有征服它们，反而被它们给征服了。一天的时间给了这个屋子，但环境依旧没有改观，我也再一次关上了门，让那些杂物们依然自由地散落在那里。

但我发誓：会有一天把它们彻底收拾好的。归归类，该进橱子的进橱子，该上书架的上书架，该扔掉的扔掉。把地面和桌面全部腾出来，以便于手脚的自由。

在这个杂物间中有许多从海边和山里捡来的石头。这些东西可能一文不值，但在我的心中又是无价之宝，感到非常的珍贵，看一看觉得很愉悦又很怡神。还有一些花盆。花儿没有养好，枯萎了，但花盆并没有舍得丢掉，撂在那里，其实也真是没有用，只是起到了碍手碍脚的作用。但总是幻想着，有一天可以利用，或许在这些盆里长出绿色的树木，开出美丽的花朵。还有一些书籍，从来没有读过，塑料纸包着还没有拆封，不但堆满了书架子，有一些还堆在地面上，捆在那里。幻想着有那么一天静下来去读一读这些书，去消磨寂寞的时光，去寻找一个清静的世界。读书不仅会给你一个智力的支持，还会给你一个预约的畅游。正如高尔基所说：书是人类进步的阶梯。它不仅仅是一本书，它还是阶梯，所以我便把这些阶梯永远地留在那里，好让自己一步一步地向上登攀。还有一些信件。不仅有内容，也是有形式的。内容是亲切的，形式是悦目的，也是它们长期地被保存着的原因。当然，它们也是一种记忆、一种友情、一种岁月的象征。其中一些明信片还带着艺术的绘画，带着异地的地标建筑和风土人情。有些还来自很远的异国他乡，自带有异域风情，颇有些纪念意义。还有一些照片。自己的照片，或与朋友、同事的留影，在不同时期、不同场合。可见岁月的无情，韶华的摇落，青春的易逝。正如诗云：“狂来欲碎玻璃镜，还我青春别样红”，“君不见高堂明镜悲白发，朝如青丝暮成雪”。故有的诗人便发出一声叹息：“人生如梦，一樽还酹江月。”

这些东西每每见之，总会撩起我的情绪，或伤感，或愉悦。因此便一次一次地幸存下来，而没有被我丢掉。也因此长期地那样地乱着，不曾厘清过一次，只是一次一次的“发誓”变成了一串串水漂。终于留下一种感觉：应该让它们存在着。

突然有一天我出门散步，神不知鬼不觉地绕到房后，走到杂物间的窗下，不经意间发现许多的石头，还有其他一些东西，似曾相识。“哦！”我恍然大悟，都是我杂物间里的东西。这时我便明白了，这一定是家人所为。但扔在门外也无人捡拾，可见东西之贱。“敝帚自珍”却真的反映了我的心理。

但后来我深刻地体会到收拾这些杂物是一个打发时间的有效方式，也是休闲和消除疲惫的有效方法。

有时在收拾那些杂物的时候会记起过去，看到历程，像一朵花儿开放，先有花骨朵，后开出花朵，然后花朵败落，长出果实，这就像人生的历程。

有时在一些小的杂物堆中，我会发现一个惊喜。一件东西突然脱颖而出，使我想起过去是我外出购买的一件小小的礼品或工艺品，由于时间的久远，我早已把它忘到九霄云外。但它却微笑着向我走来，这会使我记起来过去愉悦的时光。把它捡起来放在案几上，坐下来静静地欣赏，它闪烁着岁月的光芒，如邂逅一位故旧，会给我一种美好的回忆和快乐。

是否还有一些杂物被我忘记？是否可能有一天惊喜又从杂物堆中露出笑脸来？整理这些杂物却成为我的一份没有休止符的惦念，成为一个美好的期盼。

感叹岁月的流逝

电话设置成静音。等忙完了，回过头来，查看电话的时候，电话里面显示几个未接电话，于是，回了过去。对方接起电话，便直呼我的名字。我一时之间不知对方是谁。

一边与对方交谈，我的大脑一边在搜索，想捕捉点信息，以便记起对方的名字，结果失败了。我只好委婉地询问对方是谁，虽然有些不太礼貌。但是对方却让我猜，仿佛是一位老朋友似的。一点影子都捕捉不到，声音也感到很陌生，怎么能猜得出来呢？最后对方还是自报家门了，我却有些意外。

至少有十几年或者几十年未见面了，平时也并没有此人的任何消息。今天刮起了什么风啊？在电话里，对方简单地介绍了自己这些年的经历。这令我十分的惊讶。

这是怎样的变化？虽不能说是沧桑的巨变，但却完全让我出乎意料。

他说已离开家乡十几年了，在外从事艺术创作。这给我的第一反应是：从事艺术？如何生存呢？这仿佛与先前从事的职业，完全是两条道上跑的车。我很难想象他现在的状况。而对方则很自豪地介绍自己在艺术方面取得的成绩。我在诧异的同时，不免有几分的敬意。

他又说："听说你发展得很好，事业成功并且在艺术方面也很有造诣。""我的天呢！这是从何而来的谣言呢。"他继续说着。我大不以为然，回答说："那都是虚名，名不副实。如果说对艺术有点爱好，那也只是业余爱好者罢了。"

随后，他也说了一些自己在艺术上取得的成绩，我也附和着说："了不起啊！敬佩你对艺术的追求。"他提到他是如何做的，如何在许多地方都有他的工作室。

最后，他提出加我的微信。我自然也很高兴。"有朋自远方来，不亦乐乎？"有故旧的音信岂不快哉？于是我欣然同意了。放下电话，加上微信。于是立即有许多的信息发来。我还来不及阅读，便一股脑儿地塞进了我的手机里。

我首先打开对方的头像。头像是他本人坐在一把椅子上。我自然地放大了头像，这也便使我愕然了。岁月的印痕就深深地刻在他的脸上。满脸的皱纹，眼下如蚕的眼袋，花白的头发。正如那些艺术家们，头发留得很长。这使得本来花白的头发愈显得苍白，人也愈显得苍老。这些都使得他先前的模样已经全非。第一眼看到这头像，我是被吓了一跳的，像是见到了鬼一样。但他那种自负的气质却一点都没有改变。

青春的岁月像一条河，一去不复返。我们自己常常在镜子里看到自己，每天的洗漱打扮，习惯了自己一点一滴微小的变化。但当许多年不见，突然见到了，总有许多的感觉，有时不能接受。“狂来欲碎玻璃镜，还我青春火样红”，这是臧克家的叹息。“最是人间留不住，朱颜辞镜花辞树”，这是王维的感慨。

但自然规律，从不讲人情，也没有后门可走。人也能接受这岁月的无情，在有限的生命里，多做一些有意义的事情。这是我们力所能及的，也就是积极的人生了。正如苏联作家尼古拉·奥斯特洛夫斯基所写的《钢铁是怎样炼成的》这样一段话所说：“人最宝贵的就是生命，生命对于每个人来说只有一次。人的一生应该这样度过：回首往事，他不会因为虚度年华而悔恨，也不会因为碌碌无为而羞愧；临终之际，他能够说：‘我的整个生命和全部精力，都献给了世界上最壮丽的事业——为解放全人类而斗争。’。”但在当今社会记起这段话的人们已经很少了。

随后，我开始看一看他发的朋友圈里的信息，都是他的艺术作品。这些作品都是他漂泊在外的心血，就是这些作品耗尽了他的精力。作品洋溢着他一向自负的气质。一波三折，是他艺术作品的特点。

艺术是百花齐放的，现在很多的人都各有所好，不拘一格，也有些市场。只要你坚持，就会有不同程度的成功。成功会有两个方面，一个是现时代的，一个是未来的时代的。现时代的浮躁和急功近利，都会被风吹雨打去，在未来的时代露出风骨来。热爱艺术，弘扬艺术，这应该是和平时代应该进位的。我们也应该倡导这种为艺术奋斗的马前卒，即使他们不免带有功利主义的色彩。其实，功利有时也不是个坏东西，会给你提供动力。

世界上的事情都是相互联系、相互影响的。我把这件小事记了下来，以此感受而昭人生。

跋

我经常说一段绕口令似的话，关于发挥好作用的：只要想发挥作用，就一定能发挥作用，不发挥作用，一定没有作用，只要发挥了作用，就一定有作用。

人们写的一些文字，只要出版了，就会有人读。有人读了，就会产生影响，也就发挥了文字的作用。文字出版的过程也是一个链条。每一个链条都发挥着作用。尤其是排版、设计、编辑、审校、印刷等环节，都在出版中发挥着重要作用。

从我的文章来说，有许多不确切的数字、时间、标点符号，都会经过这些环节而得到修正。修正过的文章，以什么样的字体、什么样的版面呈现，也很关键。这决定形式上的吸引力。作为读者在没有读文章之前，首先是随便翻翻，觉得这书的设计悦目，便会深入到文字中去。这时文章中的内容或许会使其有所收获，文章的内容中作者的观点和倡导的思想，就会发挥作用了。

所以在这里作为作者，首先要感谢为书的出版付出心血的设计者、编辑者、校对者、印刷者及各位朋友。他们是揭幕者，他们是拭尘者。他们是照亮别人燃烧自己的奉献者。他们的建设性意见使得文章得到了完善。文章就像被擦去尘埃的镜子，就像打磨过的雕刻物件，更加的明净和圆润。这也正弥补了我在时间上和功夫上的不足，会使文章更好地发挥作用。

由此我也在思考，经济上我们将产业链条化，其实每一样工作都有链条可言。每一个链条都是相互支持配合的，缺少哪一个链条都会失去一些色彩，都不能发挥最大的作用，甚至有可能因小失大，或破坏了整体的力量，发挥不了应有的作用。在图书出版的过程中，设计也好，编辑也好，审校也好，印刷也好，都是重要的链条中的一环。如何打扮每一篇文章，如何打扮《竹叶集》这本书，以怎样的面貌与读者见面，可谓重中之重。

我和读者期待着《竹叶集》的出版，以悦其容。在此再次感谢为出版此书发挥了作用的各位老师和朋友。

秋实